I0664448

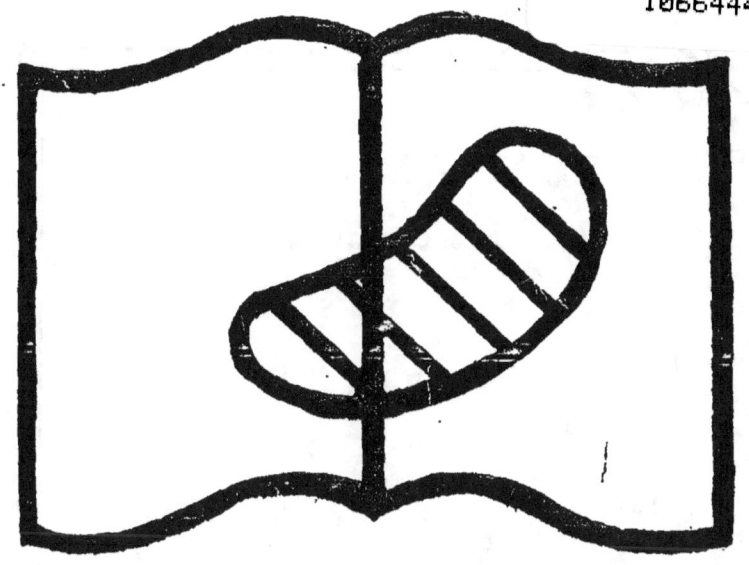

illisibilité partielle

VALABLE POUR TOUT OU PARTIE DU
DOCUMENT REPRODUIT

DÉSIRÉ LOUIS

LA

2.907

PARIS

J.-B. FERREYROL, ÉDITEUR

49, RUE DE SEINE, 49

1891

SCEAUX. — IMPRIMERIE CHARAIRE ET FILS

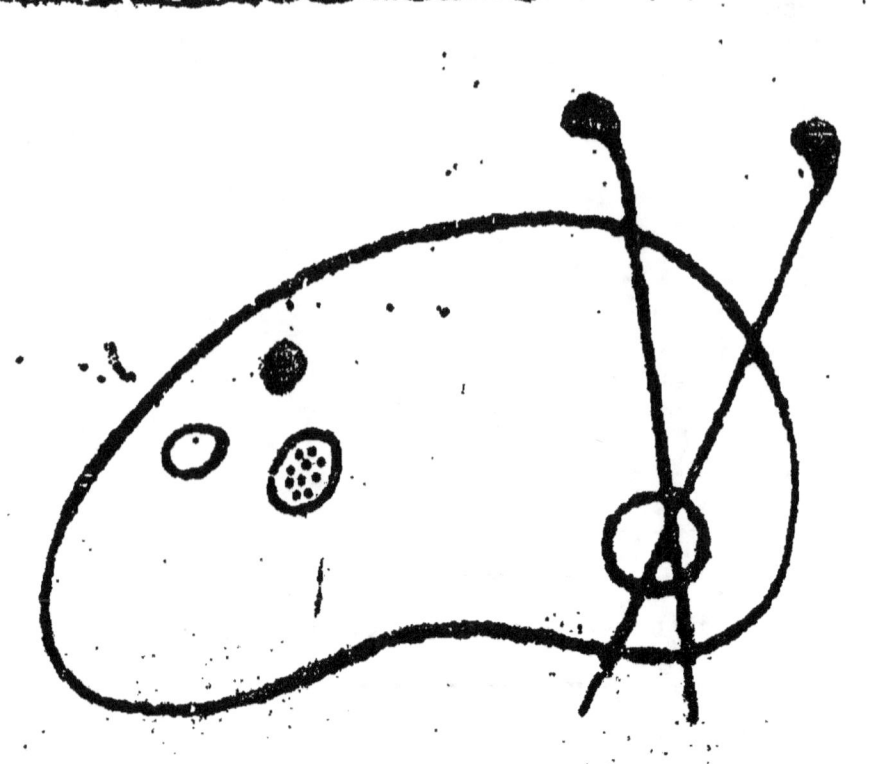

Fin d'une série de documents
en couleur

$8^o Y^2$

25700

LA

2.907

POUR PARAITRE PROCHAINEMENT

FAUSSE ROUTE

Roman de mœurs contemporaines.

Sceaux. — Imprimerie Charaire et fils.

LA
2.907

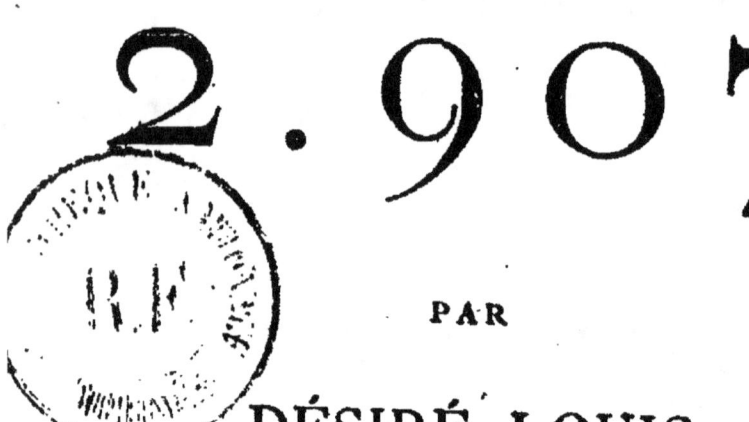

PAR

DÉSIRÉ LOUIS

PARIS
J.-B. FERREYROL, ÉDITEUR
49, RUE DE SEINE, 49

1891

Parue en 1887, dans le *Paris*, aux mois de novembre-décembre, je n'ai jugé devoir publier cette nouvelle que maintenant.

Cette déclaration pourrait sembler puérile au lecteur, si elle ne me fournissait l'occasion d'exprimer toute mon admiration pour le maître qui nous a donné *La Bête Humaine*, en même temps qu'elle me disculpe, par avance, de toute suspicion de plagiat.

A

MON AMI

GUSTAVE GEFFROY

ces premières pages sont dédiées.

D. L,

I

— Tenez! dit le chef de gare en
tendant une dépêche à un de ses sous-
chefs, le 18 a vingt minutes de retard.

— Il va bien en rattraper huit à
dix, de Creil à Paris; c'est Pialou qui
conduit le train.

— Oh! si c'est Pialou! fit le chef;
puis, presque aussitôt, rentrant dans
son bureau : Il pleut encore... Quel
temps de chien!

Lentement le sous-chef se dirigea
vers la cabine Saxby d'où se manœu-
vrent les signaux et les aiguilles.

Un ouragan de septembre sévissait dans le nord, renversant des arbres, des poteaux télégraphiques sur la ligne; les trains arrivaient à Paris avec de longs retards, et déjà on avait eu à déplorer quelques déraillements occasionnés p r des obstacles sur la voie. Cette année, l'été avait été chaud, sans pluie; depuis une semaine seulement, un vent violent soufflait de l'ouest.

Au bout de vingt minutes, le sous-chef vint rejoindre le chef se promenant sous l'horloge de la grande halle, les mains derrière le dos, l'air grave avec son binocle sans cordon et son chapeau haut de forme.

— Le 18 est annoncé; il a gagné neuf minutes!

— Ce Pialou est étonnant! dit le chef en souriant.

Il s'arrêta, faisant face à la ligne, et regarda au loin.

La pluie cessait et le soleil risquait quelques rayons blafards éclairant les pâtés de maisons du boulevard de La Chapelle. L'air, nettoyé, bleuâtre, laissait voir plus nettement, sous l'écran vitré de la gare, aux arcatures vert-bouteille, les passerelles des signaux et leurs disques. Parfois, sur le pont du boulevard, un tramway glissait sur le fond gris de la trouée de la ligne.

Bientôt on entendit un coup de sifflet prolongé, aigu ; un disque tourna et, à onze heures vingt-neuf minutes, le train 18 arrivait en gare avec des claquements saccadés dominant le roulement sourd des voitures. La vapeur s'échappait en bouffées neigeuses, et, dans sa raideur imposante, la machine, à avant-train articulé, s'avançait, haletante, soufflant comme un cheval poussif.

Le train s'arrêta peu à peu; les glaces s'abaissèrent avec fracas, et, des portières ouvertes, descendit le flot des voyageurs allant vers la sortie.

En passant devant la machine, quelques-uns admiraient, souriants, ses grandes roues, vantaient sa vitesse, se disaient son numéro : 2.907, séparé par un point après le deux. Une légère vapeur, lente et vacillante, semblable à l'haleine d'une bête fatiguée, sortait du sifflet et des éjecteurs. Ceux-ci, placés près de la soupape, étaient pareils à deux longs cornets acoustiques. Appuyé à la rampe, fier et heureux, un homme châtain, les yeux vagues, la physionomie durcie par de fortes moustaches tombantes, couvrant la bouche et cachant presque un menton trop court, essuyait ses mains avec du déchet de coton. C'était le mécanicien Pialou. Sous sa casquette à oreillettes, sa face ronde, grasse et rougeaude portait bien ses cinquante ans; et autour de son cou un peu gros s'enroulait un foulard jaune et rouge.

Quand le monde fut parti, Pialou nettoya les volants en cuivre, la balance et les pièces au-dessus du foyer; puis, en attendant le moment de refouler, il descendit de sa machine et l'inspecta.

Avec sa blouse assez propre, rentrée dans le pantalon que serrait une ceinture en cuir, il avait l'aspect lourd, gonflé, malgré sa grande taille rapetissée par cet embonpoint assez commun aux vieux mécaniciens. Il allait et venait autour de la 2.907 dont la peinture, lavée par endroits, présentait des luisants mouillés, des parties ternes, comme un animal en sueur après une longue course. Son chauffeur, petit, maigre, très agile, frottait

le corps cylindrique lequel, sous la
lumière du châssis vitré de la gare,
était d'un gris noir tandis que sa partie
supérieure avait des reflets clairs de
nappe d'eau. Dans cet ensemble de
pièces ressortaient les garnitures en
cuivre des couvre-roues, la surface
polie et mate des mains-courantes, de
la bielle motrice et de ses grosses
manivelles.

Comme le mécanicien remontait,
une voix lui dit :

— Pialou ! vous irez voir le chef de
dépôt, tout à l'heure.

Il se retourna et reconnut un ins-
pecteur de la traction :

— Bien, monsieur ! Puis s'adressant
à son chauffeur : Hé ! compagnon, je
croyais qu'il allait nous faire des compliments !

— J' t'en fiche ! C'est usé !

Peu après l'aiguilleur s'écria :

— En arrière, la 2.907!

Deux coups de sifflet timides partirent, et Pialou rentra au dépôt pour remiser sa machine.

Contrairement à beaucoup de ses collègues, il profita de la chaleur des pièces pour refaire les garnitures et quelques joints qui avaient souffert dans la marche.

Puis, nu jusqu'à la ceinture, il se lava à un des robinets de jauge du tender. Tout à coup, il se dit :

— Qu'est-ce qu'ils me veulent?

Et s'adressant à un camarade qui passait :

— Dis donc, Closse, le chef est-il là ?

— Oui, oui! Ramon et Dagut sortent de son bureau où on les a appelés à propos de la fameuse visite de l'autre fois, pour le... le... dal... Tu sais bien, le ?...

— Ah! oui; mais quelle est cette maladie, ça a un nom impossible! Dis, Lambert, hé! Lambert, toi qui lis les journaux, tu dois connaître ça? fit-il à un autre mécanicien.

— Un drôle de nom... le... dal... le... dartr... isme, le... oh! j'y suis, le daltonisme!...

— Qu'est-ce que ça veut dire, ce grand mot? dit Pialou.

— Ma foi! j'ai pas appris ça à l'école. En tout cas, c'est pour la vue!

— Ils nous embêtent avec leurs inventions! continua Pialou en grognant. C'est eux qui ne voient pas clair, ces charcutiers de médecins! Qu'ils nous laissent tranquilles; tout ça, c'est des couleurs!

— Sacré Pialou! répliqua Lambert en riant, tu es rempli d'esprit!

— Et je ne lis pas les journaux, moi!

— C'est bon, c'est bon, gros malin...
Au revoir, je fais le 79 aujourd'hui ;
après je me repose jusqu'à demain
soir.

Pialou, resté seul, s'inquiéta.

Depuis quelques mois, à la suite
d'une circulaire du ministre des Tra-
vaux publics, relative aux conséquences graves que peut occasionner
une mauvaise vue chez les agents des
trains, et principalement parmi le personnel des machines, les Compagnies
devenaient plus difficiles dans l'en-
gagement des agents. Pour donner
satisfaction au ministre, une visite
générale avait eu lieu. A la suite des
rapports des médecins, des mécaniciens et des chauffeurs, dont la vue ne
percevait pas bien les couleurs, ren-
trèrent aux ateliers, comme ouvriers,
tandis que les autres, les vieux, se

chagrinaient, redoutaient ce mot de daltonisme, nouveau pour eux!

Sitôt qu'un affaiblissement passager frappait leur vision, ceux-ci avaient peur maintenant. S'ils allaient ne plus monter sur les machines!... Ils devenaient sombres, baissaient les yeux dans la crainte qu'on ne s'aperçût de prime abord qu'ils avaient le daltonisme!

Honteux presque, Pialou s'avoua que sa vue diminuait depuis plusieurs mois. Au loin, ça se troublait; les couleurs se brouillaient, il tâtonnait, s'embarrassait dans leur distinction, surtout cette nuit où il avait failli commettre des infractions au règlement. C'était à la sortie de Creil, dans ce large espace étoilé de feux divers, comme en une soirée d'illuminations. Cette fois, il avait perdu la tête! Du vert, du rouge et du jaune! Heureuse-

ment que son chauffeur avait l'œil au
guet !

- Il se souvenait aussi qu'à la visite
générale, le médecin l'avait tenu longtemps avec des écheveaux de laine, de
couleurs différentes, placés sur une
table, qu'il lui faisait désigner séparé-
ment.

Il revoyait la grimace du docteur
quand celui-ci, montrant un carré
vert, puis un rouge, Pialou avait répondu : « gris » comme pour l'échan-
tillon de laine garance !... S'était-il
trompé ?...

- Involontairement, il regarda au loin
un disque à l'arrêt : « Je n'ai pas la
berlue ; il est fermé ! »

- Il ne disait vrai que par la surface
présentée et non par la couleur ! Il
distinguait bien l'étendue d'un objet,
et cela l'ayant sauvé jusqu'ici, il ne se
croyait pas atteint de daltonisme.

Quand il fut prêt, il entra chez le chef de dépôt.

— Mon cher Pialou, j'ai une mauvaise nouvelle à vous annoncer. Vous savez que nous avons reçu des ordres très sévères relativement à la vue ?... Voici une note du médecin qui nous oblige à ne plus vous employer sur les machines.

Pialou prit la lettre que son chef lui tendait ; il lut les lignes suivantes :

« Monsieur l'Ingénieur, le mécanicien Pialou voit le rouge et le vert en une nuance indéterminée, terne, donnant l'impression d'un gris terreux, et la confusion qu'il fait de ces deux couleurs a lieu sur des objets d'assez grandes dimensions. Il pourrait lui arriver de ne pas arrêter un train ou d'en ralentir la marche. D'ailleurs, en raison de son âge, sa vision, déjà affaiblie, diminuera encore; il y a donc lieu de le faire rentrer à l'atelier. »

—Cependant, j'ai de bons quinquets! fit-il en rendant le papier.

— Que voulez-vous! répondit le chef d'un air gêné. Vous êtes quatre dans les mêmes conditions...

— Je n'ai jamais eu de coups de tampon, moi!... Si c'est ainsi qu'on tient compte de mes services!...

— Voyons, entre nous, Pialou, si votre chauffeur Baron était un mauvais diable, il vous seconderait un peu moins dans vos voyages! Mon Dieu! je ne veux pas vous charger, je comprends tout ce qu'a de pénible une pareille situation, mais l'autre jour, à Creil, vous avez failli franchir le disque! Et pour remercier votre chauffeur de sa présence d'esprit, vous avez été bourru avec lui quand il a fait

fonctionner le frein!... Si c'était un
méchant camarade, il vous aurait laissé
tamponner!... Est-ce vrai?... Enfin,
vous avez vingt-six ans de service, et
dans trois mois, cinquante ans d'âge;
vous pourrez alors demander votre
retraite. Vous aurez une bonne pension
avec laquelle vous vivrez plus tranquille qu'ici! Je vous assure que si
j'étais à votre place...

— C'est possible, mais j'aime trop
mon métier! Et puis, qu'est-ce que je
vais faire?... Est-ce qu'on n'aurait pas
pu me laisser aller jusqu'à trente ans?...
C'est bien malheureux, allez...

Et le mécanicien tournait sa casquette dans ses doigts, tandis que ses
yeux se voilaient.

— Il n'y a pas moyen... Demain,
30 septembre, vous ferez votre dernier voyage, et, comme le trafic dimi-
nue, la 2.907 restera aussi à l'atelier...

Allons, Pialou, vous n'êtes pas un enfant!... vous n'en mourrez pas!... Au revoir.

Et il lui tendit la main.

Pialou, la tête bouleversée, ne voulut pas aller déjeuner, et rentra chez lui.

Rue Boinod, à proximité de la Compagnie, il occupait un logement composé d'une belle pièce et d'une cuisine où tout était tenu propre et en ordre par une femme de ménage. Un lit, une armoire à glace, une commode, une table ronde et six chaises en noyer formaient le mobilier. A gauche de la fenêtre, sur le mur au papier gris, à fleurettes bleues, était accroché un grand cadre, à baguettes dorées, renfermant la photographie de la 2.907.

Un jour qu'un photographe avait été autorisé à prendre des vues au dépôt, Pialou avait posé sur sa machine,

heureux de pouvoir posséder un souvenir qu'il regardait souvent.

Une sorte de fièvre le brûlait, lui
martelant les tempes avec des bruisse-
ments d'oreilles. Dans l'estomac, quelque chose le gênait ; ses jambes étaient
lourdes.

Il arpentait sa chambre, tortillait sa
moustache, serrait les dents en roulant
les yeux. Vite fatigué de ce manège et
des exclamations coléreuses qu'il poussait parfois, il se coucha tout habillé
sur son lit.

Depuis peu le ciel s'était dégagé, et
le soleil brillait dans toute sa splen-
deur ! Les voix des gamins jouant dans
la rue s'élevaient criardes, coupées parfois par le roulement d'une voiture
sur le pavé sonore. Ces cris énervaient
Pialou qui ne pouvait pas dormir :
« Sales crapauds ! » s'écriait-il en chan-
geant de côté. Il se mettait ensuite sur

le dos, et sentait un soulagement dans cette position.

- Mais la tête reprenait son travail, et dans un vague espoir défilait le cortège des hypothèses favorables. « Non ! on ne peut pas me renvoyer ainsi !... J'irai voir l'ingénieur qui, certainement, m'écoutera, me maintiendra. Ne suis-je pas bien noté?... Alors, pour une bagatelle de couleurs, on se débarras-serait de moi comme d'une savate ! »

Et il pensa à son chauffeur, l'accusa d'avoir aggravé sa situation en parlant de l'affaire de Creil. « Pourquoi a-t-il raconté cette histoire, si ce n'est pour prendre ma place ou me faire des-cendre d'une classe?... Quelle clique que ces gens-là ! On leur apprend leur métier, on leur fait gagner des primes, et, par derrière, ça vous éreinte ! »

Son regard allait vers sa machine, d'un objet à l'autre, comme ses idées,

comme ses souvenirs ; et, aux moments
de calme, Pialou, assez logique dans
la pratique de son métier, glissait lentement vers la réalité. « Oui, on a peut-
être raison, se disait-il en pensant aux
conséquences d'un coup de tampon :
des blessures, la correctionnelle et le
remords toute la vie !... Voilà ce qui
m'attendait ! »

Cette perspective l'effraya, et peu à
peu, il s'avoua que s'il distinguait le
jaune, il ne percevait le rouge et le
vert qu'en une impression s'écartant
des feux blancs ordinaires. Cela seul
lui permettait de reconnaître s'il devait
s'arrêter ou ralentir. Après tout, Baron
avait craint d'être compromis dans un
accident puisque lui, Pialou, ne l'écoutait que difficilement...

Malgré ces réflexions, il avait le cœur
gros d'abandonner si brusquement cet
emploi de mécanicien dont il était fier

et qui lui avait pris toute sa vie presque! Enfin, il lui restait encore une consolation : sa machine serait au repos. Au moins, il ne la verrait pas aux mains d'un autre agent, peu soigneux, plus insouciant, qui la laisserait se salir, s'abîmer! Comme il en aurait souffert! Mais était-ce bien vrai que la 2.907 serait remisée?... Ne lui était-il pas permis de douter avec des gens qui se défaisaient de lui aussi facilement, pour un mot qu'il ne comprenait même pas : le daltonisme!

Alors, se tournant sur le côté, vers le mur, Pialou ferma les yeux, réfléchit encore longtemps, puis s'endormit.

Le soir, il dîna sobrement dans la gargote où il prenait ses repas, rue des Poissonniers, près de son logement.

Veuf depuis huit ans, sans enfant, il restait peu chez lui. Là, chez ce mar-

chand de vins, tout le monde se connaissait ; c'étaient des clients de vieille
date, appartenant au chemin de fer du
Nord : des ouvriers, des mécaniciens,
des chauffeurs. Chaque soir, on faisait
sa partie, on jouait des litres, des petits
verres ; et le temps se passait ainsi au
milieu du bruit dans cette grande salle
enfumée par les pipes.

Souvent absent de Paris, par les
exigences de sa profession, Pialou,
même du vivant de sa femme, à laquelle
il avait toujours préféré sa machine, y
allait après son service prendre quelque chose avec des camarades. Sa
femme, qui le savait maniaque, plein
d'ardeur pour sa 2.907, le disputait
souvent à ses rentrées tardives, recu-
lant l'heure des repas :

— Tu coucheras bientôt avec !... Tu
ne peux pas faire comme les autres ?...
Est-ce que Dagut se casse autant la

tête?... En t'attendant, je brûle du charbon pour rien !

— C'est bon, en voilà assez ! Occupe-toi de ton pot-au-feu, répliquait-il sérieusement.

Et chaque fois, la même scène recommençait. Aussi Pialou était-il plus heureux en voyage.

Quand il arriva au *Bec salé*, il y avait encore quelques chauffeurs qui n'osèrent pas le regarder.

Déjà, on savait son chagrin; on voulut respecter sa douleur en considération de la valeur de l'homme :

— Pauvre diable ! disait-on tout bas, ce sera un rude coup pour lui !

Cette retenue le gênait, l'attristait davantage; il en paraissait honteux. Pourtant, un des habitués, sorte de vieux chauffeur philosophe, n'ayant jamais pu passer mécanicien, s'écria d'un ton gouailleur, en avançant son verre :

— T'es bien bon de ronger ton frein! Dans trois mois tu auras une chouette retraite. J'voudrais bien être à ta place... Allons, camaro, à la tienne!...

Pialou ne répondit pas. Il se leva, régla son compte et sortit.

— Vieux toqué! fit le chauffeur en haussant les épaules.

II

Il avait sa soirée libre; le lendemain à sept heures du matin seulement, il devait reprendre son service.

Maintenant, il allait droit devant soi, comme un homme absorbé; il arriva au boulevard Ornano, puis aux boulevards extérieurs. Parmi les lumières de la rue, il cherchait à se rendre compte des couleurs en se parlant avec des mouvements convulsifs. Et, précipitant subitement le pas, il tournait vivement la tête de tous les

côtés, les yeux dilatés, comme pour
découvrir ce qu'il ne trouvait pas :

— Il n'y a donc pas de lumière verte ?
fit-il tout haut.

Près de lui, une femme se retourna
étonnée et le regarda. Pialou marchait
toujours, interrogeant des yeux ces
feux mobiles, vagues et ternes, qui se
déplaçaient en tous sens dans le grouil-
lement de la rue.

Il se trouva près d'un pharmacien
où trois énormes bocaux : rouge, vert
et jaune, parfaitement éclairés, donnaient aux passants des teintes fantas-
magoriques. Il s'arrêta indécis, exa-
minant l'une et l'autre couleur. Le
rouge surtout l'attirait : dans leur
fixité, ses yeux vagues et tristes déno-
taient un cerveau malade.

— Jaune... chocolat... tabac... oui...
mais l'autre ? disait-il en revenant au
bocal vert.

Il recommençait son énumération en
alternant les mots :

— Tabac ou chocolat... jaune?...
Nom d'un chien! qu'est-ce que j'ai
donc?...

Le malheureux se frottait les paupières, mettait sa main gauche en
abat-jour, puis cherchait un endroit
sombre pour reposer sa vue. Graduel-
lement, il retournait aux bocaux, et
laissant tomber sa main :

— Jaune... jaune... brun, tabac...
et?... C'est trop fort! je suis peut-être
trop loin?...

Il se rapprocha en clignotant et, à
une vingtaine de mètres, il s'assit sur
un banc afin d'échapper aux regards
des curieux.

Il était neuf heures; une douce
fraîcheur rendait cette soirée agréable,
sous un ciel brillamment étoilé. Le
nombre des promeneurs était grand,

et Paris semblait préparé comme pour une fête nocturne. Dans cette animation, Pialou ne remarquait que les fiacres roulant au loin avec leurs lanternes dont la plupart des feux étaient un mystère pour lui, dans ce croisement continu ou dans la direction régulière des tramways allant à La Villette ou à l'Étoile.

Aucun des bruits du boulevard, pas plus que les paroles bourdonnées à son oreille, à voix basse, par les prostituées de l'endroit, n'excitait sa curiosité. Nu-tête, les bras ballants ou croisés sur le ventre, elles allaient et venaient comme affairées, frôlant ce nouveau venu qui leur paraissait de bonne prise. Mais il restait isolé et nageait dans un flot de lumières qui l'attiraient, le fascinaient, pendant que ses lèvres contractées laissaient échapper ces paroles d'une idée fixe :

— Jaune... tabac... brun...? qu'il scandait à mi-voix.

Tout à coup, il se leva :

— Jaune... gris et gris, parbleu! suis-je bête! Jaune... gris et gris! c'est bien ça; et j'ai la vue malade?... Allons donc!

Puis, sifflotant, il se dirigea vers un sergent de ville qui le surveillait depuis peu et s'amusait de l'entendre marmoter :

— N'est-ce pas, c'est jaune, gris et gris, ces machines du pharmacien?...

— Filez votre chemin! répliqua durement l'agent.

Pialou, stupéfait, le regarda sans trouver un mot.

Il rentra chez lui, attristé de n'être pas mieux compris.

— Je me suis peut-être trompé; il a cru que je me moquais de lui, sans doute?

Cette nuit, sa tête lourde, brisée par l'obsession des couleurs, s'abîma encore dans des rêves impossibles et douloureux.

III

A la tourmente de la veille avait succédé un jour calme, baigné de lumière, une de ces journées d'automne où l'air est si pur, tout rempli de parfums. Sous le ciel bleu, les objets étaient nets, souriants, et Pialou se sentit l'âme attendrie à la vue de la nature expirant dans une atmosphère dorée.

A huit heures vingt minutes du matin, il quittait la gare de Paris, mais non plus avec cette physionomie assurée, satisfaite, des autres jours. Cependant, en cours de route, sous l'influence de cette vitesse énervante des trains express, il crut oublier son ennui.

Très attentif aux signaux, il n'adressa pas la parole à son chauffeur pendant quelques instants. Celui-ci, sachant que son mécanicien effectuait son dernier voyage, n'essaya même pas d'amener la conversation; il s'occupa davantage et redoubla de vigilance pour s'éviter tout commandement désagréable.

Cette tactique ne plut pas à Pialou; il serrait les dents, son regard devenait dur quand Baron, se penchant en dehors de la machine, surveillait la queue du train ou se soulevait sur ses pieds pour mieux voir la voie devant lui.

« Certainement, il m'a chargé à

dessein, ce coco-là! Ça se croit déjà à ma place; attends un peu! » pensait-il furieux.

— On a encore des yeux, compagnon! fit-il tout à coup en tremblant. Faites de l'eau; mettez du charbon! Je surveillerai la voie et le train; c'est mon affaire!...

Et, grave, la main droite crânement posée sur le régulateur, il se penchait aussi, tournait la tête en arrière, puis venait près du chauffeur, et répétait les mêmes mouvements avec affectation, avec colère presque.

Baron s'impatienta à la fin; il lui prenait des envies de se rebiffer. Mais il se calma en se vengeant sur les briquettes qu'il cassait au marteau, à coups redoublés.

On venait de dépasser Survilliers. Dans ses souffles puissants, la machine, fière, majestueuse, impassible comme un sphinx, franchissait rapidement l'espace, laissant derrière elle, sur la longueur du train, comme une abondante chevelure ouatée et légère, une écharpe de fumée blanche, onduleuse, que le soleil rendait encore plus éclatante. Les voitures suivaient, mêlant leurs claquements au bruit de la voie; et, dans cet étourdissant tapage, augmenté par l'écho de la tranchée, Pialou grisé, surexcité, emporté, ouvrait le régulateur dans sa rage de vitesse folle, infinie, qui aurait pu le conduire an bout du monde.

Sa figure rayonnait en n'entendant aucun bruit anormal dans le mécanisme. Il avait une attitude digne, aisée, et de bonheur satisfait :

— De l'eau, Baron! Un peu d'eau, dit-il d'un ton plus doux.

Et, ravi de sa marche régulière, sans à-coup, il se parlait à lui-même dans le délire de son énervement :

— Quelle marche ! Ils en trouveront
des Pialou ; on verra si la 2.907 sera
aussi propre ! Ils la mettront constamment à l'atelier, à l'infirmerie !

Puis devenant plus sombre, il s'é-
criait :

— Attention au feu, compagnon !
Du charbon bien réparti sur la grille.

Sa main se crispait davantage sur le
régulateur, et son corps s'inclinait en
avant dans la position d'un cavalier
courant ventre à terre. Il était superbe !

Son chauffeur, jetant un coup d'œil
à la dérobée, ne put refouler un sentiment de tristesse en voyant son mécanicien si cruellement affecté. Certes,
cette vie en commun sur la machine
était laborieuse, difficile avec un agent
aussi soigneux, aussi méticuleux. Mais
Baron s'était fait à ces dures habitudes

d'entretien lesquelles, à la longue, lui demandèrent moins de temps tout en lui donnant la satisfaction d'avoir une locomotive remarquable entre toutes.

A cette école sévère, il avait acquis de l'avancement et bénéficié de primes élevées. Aussi le personnel de la 2.907 était-il jalousé; et, tout bas, quelques esprits méchants avaient osé insinuer que ces économies étaient louches, dues à des livraisons frauduleuses de combustible! Un jour, l'un d'eux, entendu par Pialou, ne dut son salut qu'à l'intervention des camarades présents :

— Lâche! tu crois donc que je fricote comme certains, avec les cokeriers, pour diminuer en écritures les quantités livrées?... Sache que ces complaisances sont un vol! Et moi je gagne mes primes !

Peu de temps après, il surprenait en

flagrant délit celui-là même qui l'avait soupçonné :

— Si j'étais méchant !... lui dit-il d'un air de dégoût... Va te faire pendre ailleurs, mais tiens ta langue !

Baron se souvenait de tout cela en regardant son mécanicien ; et maintenant, il regrettait presque d'avoir répondu franchement, sans animosité cependant, à l'ingénieur qui l'avait questionné sur la vue de Pialou.

Non, il ne lui était pas hostile, mais devant la crainte d'un accident, il avait dû dire la vérité ! Voilà ce que Pialou ignorait.

A toute vitesse, on brûla Chantilly, et on fut à Creil à l'heure réglementaire. Près d'Amiens, Pialou s'attrista à l'idée qu'il devait s'y arrêter, ne pas aller au delà, puis retourner à Paris, l'après-midi. C'était la consigne : on voulait lui éviter toute confusion dans les signaux de nuit.

A quoi bon s'en inquiéter davantage ? Toute résistance était impossible ; il fallait prendre la chose par son bon côté, sans quoi il en souffrirait inutilement et l'on en rirait.

Il essaya de sourire, mais il sentit une résistance dans les muscles de la face :

— Attention, nous arrivons, dit-il à son chauffeur. Il faudra décrocher bien vite.

Déjà, l'autre machine, qui devait continuer, attendait, bruissait d'impatience dans ses fuites de vapeur. Pialou lui jeta un coup d'œil jaloux.

Rentré au dépôt, il ne put s'empêcher, avant de s'occuper de la 2,907, d'attendre le départ du train qu'il était forcé d'abandonner. Dans ses yeux se lisait le regret de ne pas faire le voyage

complet, de ne plus revoir le pays,
plus avant, qu'il connaissait si bien !
Comme un cheval rompu, trop vieux,
on le réformait ! Méritait-il une pareille
fin après une carrière aussi bien rem-
plie?... Était-ce lui, Pialou, qu'on
traitait ainsi?... Il soupira, ses yeux se
mouillèrent, et pour ne pas trahir son
émotion, il frotta sa machine, la pensée
toujours au loin, là-bas, sur la ligne
qu'il parcourait mentalement, comme
dans un rêve.

— Hé ! Pialou, lui cria un mécanicien sortant de la remise, nous irons
faire cette vieille partie de piquet, chez
la mère Lobelle ? Tu sais, on t'attend !

— Bon, bon !... Je ne bouge pas aujourd'hui, je suis fatigué, je déjeune
ici.

— Allons donc, on t'attendra tout
de même. Il fait trop beau pour dormir !

Pialou, qui avait apporté son déjeuner, s'assit sur un des coffres de sa
machine et mangea tranquillement.
Ensuite il alla au dortoir et se reposa
jusqu'à l'heure du départ.

Le retour s'effectua par un soleil
toujours superbe dont l'éclat donnait
une vigueur intense aux feuillages
déjà jaunis et parmi lesquels apparaissaient, comme un regret, quelques
touffes d'un vert sombre. Pialou, plus
calme, mais l'air songeur, inquiet, se
prit à contempler le paysage. Moins
occupé, les nerfs plus tranquilles,
maintenant que son train était semi-
direct, il portait ses regards autour de
lui, l'âme impressionnée par la nature
aux teintes rouillées, sanguines ou
dorées, aux doux reflets mystérieux.
Comme il fut surpris de n'avoir
jamais joui de ces charmes qui

s'offraient constamment à lui ! Et dans cet examen précipité, chaque endroit remarquable, un vallon, une plaine, un bois, était un souvenir, un point de repère pour sa route.

Dans cette admiration tardive, ses premières années de voyages se déroulaient rapides comme son train ; et, à chaque lieu connu, les choses marquantes du passé se pressaient dans ce cerveau brouillé, fatigué.

Là, c'était un riant village ; ici, un bouquet d'arbres, un horizon immense, une maison isolée, bien blanche, ou quelque cours d'eau brillant, serpentant dans la plaine. Comme il se réjouissait ! Mais pourquoi ce charme venait-il si tard ?... Cependant, il aimait la nature, lui, fils de paysan, qui avait grandi au milieu des châtaigniers et des noyers de l'Auvergne, dans des sites admirables !

Malgré son bon renom sur toute la
ligne, qu'il « connaissait comme sa
poche », il ne savourait plus avec la
même joie les sourires qu'il recueillait
sur son passage. Ce n'était plus le
même homme, fier et maître de lui,
brûlant les stations, le corps un peu
penché, dans une attitude heureuse!
Auparavant, à son arrivée régulière
dans les gares, à la propreté de sa machine, on s'écriait : « Ah! c'est Pialou! »
Et, de la main gauche, il sifflait en
crescendo pendant qu'il saluait militai-
rement de l'index droit les agents qui
lui donnaient un bonjour amical.

Aujourd'hui, presque indifférent, il
faisait semblant d'examiner son mano-
mètre pour ne pas se montrer, comme
s'il avait commis une faute grave,
connue de tout le monde.

Cette rentrée à l'atelier lui semblait
une disgrâce qui le déconsidérait aux

yeux du personnel. Combien croiraient à la réalité du motif? Beaucoup y verraient autre chose !

Aussi, après son passage, se disait-on :

— Qu'a-t-il donc, Pialou ? Il n'est plus le même !

A Creil, sa tristesse fut plus visible devant cet amas d'usines enfumant l'espace, ces chantiers longeant la voie et lui rappelant que lui aussi serait bientôt comme ces ouvriers, travaillant sur place, aux ordres de contremaîtres rageurs.

Il tourna la tête, vers le coteau boisé, surplombant l'Oise, et se continuant dénudé, pierreux, jusqu'à la trouée de Saint-Maximin. La rivière, large et belle, coulait brillante jusqu'à Saint-Leu-d'Esserent, dont l'église monumentale se montrait comme une cathédrale, sur la hauteur, à droite.

En face des forges de Montataire,

Pialou aperçut son pays et ami, garde-barrière au chemin du Pont-Thérain, qui ne manquait jamais de lui dire bonjour. Il lui sourit et parvint bientôt à la tranchée, où le bruit assourdissant des voitures, les claquements redoublés par l'écho des carrières l'agacèrent. Il ouvrit en grand son régulateur pour faciliter la montée de la rampe, et, trop lancé, l'esprit toujours pensif, il faillit dépasser la bifurcation de Senlis.

Après avoir ralenti la marche, il arriva au pont de Chantilly au bas duquel s'étale la Nonette, en canaux en ligne droite, dont l'eau claire semble immobile dans cette partie plate s'étendant vers La Chaussée.

Après la station, Pialou fut attiré par le parfum des plantes aromatiques de la forêt, imprégnant l'air en cet endroit. Il ressentit alors une sensa-

ction plus douce, différente des autres,
qui lui procura un moment de bien-
être.

I regardait dans les taillis où, à
l'écorce, il distinguait les arbres d'es-
sences variées. Parfois des cavaliers
passaient dans les allées ratissées, et,
au bruit du train, un lièvre, un lapin
sautaient dans l'herbe, couraient ou
traversaient la voie, en avant.

Au loin, la ligne se perdait en une
perspective bleuâtre et tendre qui
apaisa sa pauvre tête par son décor
ravissant.

Déjà il était au pont de la Reine-
Blanche dominant un immense espace
aux horizons élevés et boisés. Au bas,
les étangs de Commiell, l'habitation
du garde; plus loin des bois épais aux
tons veloutés, changeants et délicieux
sous la lumière du soleil. Mais bientôt,

toutes ces beautés augmentèrent son
regret sommeillant, lorsqu'il fut à
l'extrémité de la forêt, après Orry-la-
Ville. Par delà un terrain plat, poin-
tait au loin le clocher de Senlis, et, en
avançant, la tranchée de la ligne cacha
le paysage. Puis, dans une alternative
de déblais et de remblais, le pays devint uni, monotone ou raviné, coupé
çà et là par quelques bouquets d'arbres.

Toujours distrait, Pialou arrêtait
machinalement aux gares de son itiné-
raire, et il démarrait, l'œil vague, pré-
occupé, tandis que son esprit s'assom-
brissait de plus en plus en approchant
de Paris.

Ce fut alors la plaine triste, maraî-
chère, aux tons durs et sales, avec ses
tas de gadoue et quelques arbres frui-
tiers, petits, tordus. La banlieue peu

attrayante, égayée par quelques coins bien placés assez rares, gâtait ses impressions. L'illusion disparaissait; c'était bien la fin cette fois; il fallait donc dire adieu à cet espace baigné de lumière, à l'odeur agréable des terres labourées, aux beaux endroits de la ligne!

A ce moment, le soleil se couchait, glissait lentement en incendiant l'horizon comme pour une apothéose.

Le fort de La Briche, Saint-Denis se présentèrent. Le canal, près des ateliers Claparède, était encombré de bateaux, et, sous le ciel lumineux, de hautes et de nombreuses cheminées d'usines soufflaient leurs fumées noires, leurs odeurs infectes de produits chimiques ou de bois de couleurs.

Devant ces constructions resserrées, noircies et sombres, Pialou pensa encore aux ateliers de la Compagnie du

Nord, où on le condamnait à finir sa
carrière. Il ressentit au cœur une douleur aiguë, sa bouche entr'ouverte
laissa échapper un soupir; et faible,
comme pris d'un vertige, il lâcha presque le régulateur. Ses yeux se voilè-
rent; aussitôt deux coups de sifflet
précipités retentirent plusieurs fois,
et la machine ralentit brusquement.

Au bruit des éjecteurs, le mécanicien revint à lui, se raidit et voulut
fermer le régulateur déjà manœuvré
par son compagnon. Il s'aperçut alors
qu'il allait franchir le signal d'arrêt
sans la présence d'esprit de son chauffeur, qui sifflait encore aux freins:

— Merci! lui dit Pialou un peu bas,
tout confus et les yeux humides; j'ai
eu tort de vous en vouloir!

Déjà, sur la voie, des hommes agi-
taient le drapeau rouge; un garde

sémaphore s'avança, et, s'adressant à Pialou, d'un ton colère :

— Vous ne voyez pas clair !... Sapristi, le signal est assez grand !

Le mécanicien le regarda, ébahi, ne sachant quoi répondre. Au même moment, le sémaphore fut remis à voie libre. Pialou siffla, puis ouvrit doucement le régulateur.

Le garde, la main sur la manivelle du mât sémaphorique, en attendant que le train fût parti, pour l'annoncer au poste suivant, dévisageait Pialou comme pour lui témoigner son mécontentement.

Pialou reprit sa marche et parvint bientôt aux fortifications où le peuple de La Chapelle et de Montmartre grouillait, se reposait sur l'herbe fanée, jaunissante des glacis et des talus. Des groupes assis, tournant le dos à Paris, regardaient les trains ou quelque

enterrement pauvre sortant de la po-
terne des Poissonniers. Des gamins
braillaient, se lançaient des pierres, se
poursuivaient jusque dans les fossés:
Et, de l'autre côté, au-dessus des
courtines, des gens en blouse ou en
paletot flânaient couchés à plat ventre,
la tête entre leurs mains, tandis que
d'autres, debout, se profilaient en gris
sous la voûte du ciel bleu cendré.

Encore pâle et fiévreux, Pialou fit
un dernier effort pour se remettre,
quand il entendit le bruit des machines
et des manœuvres dans la gare de La
Chapelle, et vit les ateliers près des-
quels étaient garés des trains de roues,
des bandages et des wagons en répa-
ration. « Voilà mon refuge, » se dit-il.
Il détourna la tête de ce coin assombri,
au sol noirci par le laitier servant
à ballaster les voies. C'était donc
là qu'il échouerait !... Et il arriva

en gare de Paris en·se disant que c'était la dernière fois qu'il conduisait une machine !

Supporterait-il une pareille douleur ?...

IV

Jamais, même après ses plus durs voyages, Pialou n'avait été aussi accablé qu'à la fin de cette journée! Sous ses apparences robustes, il était aujourd'hui un homme sans force, à la démarche lourde et lente, au visage inquiet.

Et puis, quel crève-cœur ç'avait été le remisage de la 2.907 !

Comme d'habitude, mais non plus avec le même sang-froid, il en visita les bandages, les frappa plusieurs fois

avec son marteau pour en écouter le
son. Puis il passa aux boulons, aux
goupilles, aux clavettes, les serra, lentement, sans vouloir se presser, tant il
avait de peine à se séparer de sa pauvre
machine. Il régla le jeu des boîtes à
graisser, examina ensuite le mécanisme, et, croyant tout en état, il
tourna autour d'elle, comme dernière
inspection. Deux écrous étaient lâchés :
« Tiens ! » fit-il en s'en apercevant. Et,
montant sur sa machine, il prit du
chanvre dans un des coffres et s'en
servit pour maintenir les écrous.

Jusqu'au dernier moment, il la nettoya, la soigna, l'astiqua comme si elle
dût encore rouler avec lui. En s'en sépa-
rant, il ne voulait pas qu'on pût l'ac-
cuser de l'avoir négligée, de l'avoir
abandonnée comme une loque dont
on se défait.

Ce fut un spectacle touchant que la

sollicitude de ce vieil agent s'appliquant à rendre belle cette machine qui avait été le souci et l'orgueil de sa vie !

Maintenant, il pouvait déposer les armes : elles étaient fourbies et dignes de leur maître ! Si l'homme était vaincu, son amour-propre, sa passion pour sa locomotive vivaient toujours en lui, avec la même force, mais, hélas ! sans utilité pour l'avenir !

Il rendit tout en ordre, pièces de rechange et accessoires ; puis après que son chauffeur l'eut quitté en lui donnant une poignée de main toute cordiale, Pialou resta seul devant la 2.907.

Peu après, d'autres agents arrivèrent, et, en se préparant pour faire leurs trains, ils regardaient Pialou sans oser lui adresser la parole. Celui-ci, toujours recueilli, avait la physionomie navrée, douloureuse, des esprits torturés, vaincus par la fatalité devant laquelle on courbe la tête, la rage au cœur et le dédain sur les lèvres.

Combien fut triste ce regard mouillé de larmes qu'il jeta sur sa 2.907 comme un dernier adieu! Ses camarades ne purent se défendre d'un sentiment de compassion devant cette attitude résignée, pleine de douleur. Quelques insouciants plaisantèrent cet amour exagéré, qu'ils trouvaient épatant; tandis que d'autres reconnaissaient la chose drôle, presque comique!

— Il en crèvera! dirent les railleurs, quand il fut sorti du dépôt. Faut-il être bête de se décarcasser ainsi pour une *bécane!*

Ce fut le mot de la fin. On en rit beaucoup, puis on oublia tout, même ceux qui s'étaient laissé attendrir par leur bon cœur.

Le lendemain, à son arrivée à l'atelier, Pialou s'assura d'abord que la 2.907 n'était pas partie. Il la trouva remisée dans une rotonde, à côté d'autres machines au repos depuis que le trafic avait diminué. Ce fut une consolation qui contribua beaucoup à lui donner quelque courage pour subir sa nouvelle manière de vivre.

On ne se défait pas ainsi, du jour au lendemain, des vieilles habitudes qui règlent la conduite et le mécanisme de la vie ! Ces arrêts brusques occasionnent toujours quelques désordres qui apparaissent ensuite et mettent souvent en danger l'existence d'un individu.

Pialou le sentit bientôt.

On l'occupa au montage, aux petites réparations, mais, eu égard à son ancienneté, on lui tolérait bien des choses pour ne pas l'astreindre à la sévérité du règlement des ouvriers. Puisque dans trois mois il allait prendre sa retraite, on le laissait tranquillement attendre l'époque de son départ.

La rentrée avec les ouvriers l'humiliait presque. Vite, il passait, ne s'arrêtant jamais à causer ; et, arrivé au dépôt, il se mettait à l'ouvrage.

Le dépôt était un assemblage de petits bâtiments, de rotondes en demicercle, aux grandes portes en arcade rayonnant à une plaque tournante actionnée par une locomobile. Puis venait la grande remise rectangulaire, près du parc à charbon, recouverte de trois toits parallèles, reliés par des chénéaux, et dont la partie supérieure était vitrée au tiers de sa longueur.

Cette remise était la plus curieuse.

On y entrait par de larges portes, très élevées; une fosse, au milieu, séparait l'emplacement des machines au nombre de soixante. Un pont roulant, mû par une locomob'le, servait à la parcourir pour l'entrée ou la sortie des locomotives. De gros numéros, découpés à jour dans de tôle et appliqués sur deux poutres traversant la remise, au-dessus des bords de la fosse, sous le faîtage, indiquaient la place de chacune d'elles. Parfois Pialou, suspendant son travail, se plaçait sur le bord de cette fosse, d'où il voyait, en face, une longue rangée de machines présentant leurs avants, tandis que, derrière lui, étaient les tenders des autres machines faisant vis-à-vis. Il promenait son regard partout, et se plaisait dans cet ensemble curieux d'énormes monstres noirs, droits, immobiles, attendant l'heure de la course effrénée dans une physionomie imposante.

Au-dessus de chaque locomotive, s'élevait, comme une immense embouchure d'instrument, un gros tuyau de tirage terminé en cône, emboîtant la partie supérieure de la cheminée et ressortant au dehors, sur le toit, bien haut. Quelques machines, prêtes à partir, bruissaient; des clairs faisaient une tache grisâtre, vernissée, sur les dômes de prise de vapeur, mettant un peu de gaieté dans cet espace grave et sombre. Et, près des combles, une fumée bleuâtre planait, transparente, sous laquelle les dômes avaient l'air d'énormes chapeaux reluisants, aux bords trop étroits pour leurs tubes aussi longs.

Appuyé sur un des tampons d'un tender, il méditait, fouillait de l'œil tous les coins, faisait des remarques

mentalement; puis, tout d'un coup, il
sortait, la tête baissée, absorbée, et se
rendait à la rotonde où se trouvait
la 2.907.

Des machines à réparer étaient au-
dessus des fosses; il en faisait le tour,
puis regardait au dehors. Sûr d'être
seul, il revenait à la sienne, la visitait
attentivement, la nettoyait, plein d'ardeur, et la fourbissait dans les plus
petits recoins. Peu après, il retournait
à la grande remise, travaillait un instant, puis allait de nouveau à sa machine.

Les chefs connaissaient ce manège;
on laissait Pialou libre et il éprouvait
un grand bonheur en croyant tromper
leur surveillance. Ainsi, la 2.907 eut
son mécanisme en parfait état au bout
de quelques semaines. La moindre
trace de rouille, un peu de crasse ou
de cambouis, le gênait, lui était in-

supportable. Vite, il grattait avec une spatule ne le quittant jamais; il enlevait tout et frottait les pièces polies avec du papier émeri et des chiffons un peu gras. Il fouillait partout et ne se contentait pas d'un nettoyage superficiel tant il avait des habitudes sévères de propreté. A force, il en était devenu maniaque, méthodique, employant certains procédés à lui, dont il riait en signe de satisfaction : « Ah! ah! c'est mon système ça ! » disait-il en s'y prenant de telle ou telle façon pour remettre une pièce en état.

Il était heureux quand il pouvait s'esquiver de ses camarades pour venir rôder autour de la 2.907, l'entretenir et jouir seul de sa vue, de sa propreté! Comme aux beaux jours d'activité, la peinture du corps cylindrique brillait avec un aspect vernissé, et les cuivres avaient toujours leur éclat d'or pâle,

tandis que les pièces de fer ou d'acier
adoucissaient cet ensemble par leur
matité.

En ces moments d'orgueil, de joie
profonde, il parlait à sa machine comme
à un cheval, faisait des réflexions à
demi-voix, ou bien, montant près du
foyer, il manœuvrait les volants et le
régulateur avec la mimique d'un mécanicien en marche. Alors, le regard
vague, il restait immobile derrière la
lunette, se figurant conduire son train
comme jadis !

Un jour, après avoir bien astiqué
la 2.907, Pialou s'était assis au fond
du tender, et là, songeant au passé, il
fixait, fasciné, les cuivres du foyer.
Tout à coup, il lui sembla que la machine avançait ! « Qu'est-ce donc?...
Je ne rêve plus ! » Et, lentement,
la 2.907 continuait de démarrer.

Surpris, il se redresse et se penche

en dehors : des ricanements formi-
dables retentissent dans la rotonde, et
la 2.907 s'arrête aussitôt!

— Ah! ah! ah! Hé, Pialou! ça marche! Ah! ah! ah!

Une dizaine d'ouvriers, des chineurs, comme il les appelait, sortirent
de la fosse où ils s'étaient cachés, et
lui rirent encore au nez :

— Hé! hé! Pialou!

— Tas d'idiots! fit-il en s'en allant
furieux, honteux, du côté opposé, sur
la voie du départ pour Paris.

Par une petite porte de la rotonde,
du côté de la ligne, l'un de ces ouvriers
l'avait guetté, et, à un moment favora-
ble, ils étaient entrés un à un, à pas de
loup, s'étaient placés derrière la machine et l'avait poussée tous ensemble.
Pialou, encore stupéfait, n'osait re-
paraître. Il se promena autour du dépôt en attendant l'heure de la sortie;

et de la journée, on ne le vit pas à
son travail.

Partout on se raconta cette farce qui
fit rire et donna encore lieu à cette
amère sentence : « Il en crèvera! il en
crèvera! »

Pauvre Pialou, comme il fut affecté
de cette plaisanterie! C'était bien là le
cœur humain, riant de tout, même du
malheur d'autrui! Il souffrait, lui,
l'ancien mécanicien modèle, d'avoir
été découvert dans sa retraite pour être
la risée de ces gens moqueurs, n'entendant rien au culte qu'il avait pour
la 2.907. Et dire qu'il fallait vivre
parmi eux!

Depuis, il devint méfiant, ne se ris-
quant qu'à coup sûr après avoir jeté
un œil furtif aux alentours de la rotonde. On n'osa plus l'inquiéter; on
le laissa libre et on le plaignit.

Dans cette contemplation muette, au

fond du tender, il repassait sa vie, ses débuts à la Compagnie, sa marche progressive dans les ateliers et sur les machines. Ces premiers temps, quelquefois difficiles, lui semblaient heureux aujourd'hui ; il les regrettait avec sincérité, et les phases de cette pénible existence défilaient lentement comme des tableaux magiques.

C'était sa jeunesse dans les montagnes de l'Auvergne où il avait gardé les troupeaux ; puis la fuite du toit paternel pour suivre un rétameur qui lui apprit un peu de chaudronnerie, spécialité dans laquelle il se fortifia chez un bon patron, à Paris. Une fois entré à la Compagnie du Nord, à vingt-quatre ans, une idée fixe le poursuit : devenir mécanicien ! Fort, bien charpenté, habitué au grand air, pourquoi ne se risquerait-il pas dans cette profession, périlleuse parfois, mais relativement lucrative ? Enfin il devient chauffeur, et son ambition le conduit à un entretien remarquable de sa locomotive.

Malgré des dehors lourds, Pialou était intelligent, actif, docile et bon enfant. Rempli de volonté et de zèle, on avait l'œil sur lui et, de bonne heure, on lui confia la conduite d'une machine. Son rêve s'était réalisé, mais son dévouement resta toujours le même. Et il se forma en écoutant attentivement les observations et les conseils de ses chefs.

Sans vouloir imiter la plupart de ses collègues, qui déblatéraient contre les innovations pour paraître plus forts que les ingénieurs, il se rendait compte de tout par lui-même, interrogeait ses supérieurs sur ce qu'il ne comprenait pas. Il arriva ainsi à connaître parfaitement le mécanisme, à deviner une avarie et à n'en pas être embarrassé.

Dans les conversations entre mécaniciens, il prêtait l'oreille aux récits des moyens employés par eux, à leurs trucs, dont ils retiraient de beaux bénéfices. Et, après les avoir mis en pratique, d'une façon intelligente, il s'arrêtait au meilleur et voyait avec plaisir ses primes augmenter chaque mois.

Sans être parcimonieux, il n'aimait pas gaspiller. Il savait graisser à temps telle ou telle pièce, y revenait souvent dès qu'un arrêt le permettait. Et avec une attention soutenue dans l'approvisionnement du foyer, dans la manière de disposer le feu, dans l'ouverture du régulateur, il économisait et habituait peu à peu son chauffeur à être soigneux, à épargner l'huile et le charbon. Aussi, chaque fois qu'on avait un essai à faire, soit sur une machine perfectionnée, soit pour un parcours difficile, très long à effectuer dans un temps strictement nécessaire, c'était toujours Pialou qu'on choisissait.

A ce souvenir, un tremblement le prenait, et sa colère lui faisait serrer les mains avec rage : « Et maintenant, je ne suis plus bon à rien ! » grinçait-il.

Alors, il se levait, sortait de sa cachette et, machinalement, après avoir passé son déchet de coton par-ci, par-là, sur sa machine, il s'en allait non sans la caresser d'un mélancolique regard.

Ce travail régulier, de six heures du matin à onze heures, puis de midi à cinq heures, ne convenait nullement à son tempérament. Il souffrait de ces longues heures de présence, toujours les mêmes, lui, habitué à des variations dans l'emploi de son temps. Sur sa machine, il était son maître ; il y vivait à sa guise ! Mais ici, quelle monotonie !... Si, par les mauvais temps, son corps en pâtissait autrefois, un beau soleil, l'air pur, le plaisir de conduire lui faisait vite oublier ces désagréments du métier.

Le soir, surtout, il ne savait quoi faire. Le dîner fini, il sortait un peu, et toujours seul ; puis, l'ennui l'envahissant, il rentrait chez lui, se couchait de bonne heure, dormait mal, agité qu'il était par des cauchemars affreux et continuels.

Il se voyait encore sur la 2.907, voyageant et souvent aux prises avec des avaries, lui qui en avait eu très peu dans sa carrière. C'étaient des difficultés dans ses relations avec les chefs de trains : ceux-ci lui reprochaient de ne pas aller assez vite ! Quelle torture !

Aussi, le matin, à son réveil, se demandait-il parfois si ce n'était pas une réalité.

Avant de s'endormir, il lisait le *Petit Journal* en fumant sa pipe. Parfois les pièces à nettoyer, les réparations insignifiantes lui revenaient en mémoire, ce qui l'obligeait à reprendre sa phrase, lui rendait sa lecture fatigante. Mais plus il avait l'intention de n'y pas penser, plus l'image de sa machine persistait. Alors il se débarrassait du journal, tirait de fortes bouffées et, suivant dans ses contorsions la fumée qu'il soufflait au-dessus de sa figure, il croyait voir la 2.907 dans un regard vague et souriant.

Il s'illusionnait comme un fumeur d'opium, et il était heureux en constatant qu'il suffisait d'un petit entretien journalier pour que sa machine fût toujours prête à partir, tandis que les autres devaient attendre longtemps avant d'être remises en état, au fur et à mesure des besoins. Cela l'enorgueillissait, le grisait.

— Qui sait, ma vue peut s'améliorer? se disait-il en regardant au fond de sa chambre. Avec un bon chauffeur comme Baron, pourquoi ne reprendrais-je pas mon service?... S'ils voulaient, cependant, ce serait facile! Si j'avais cette chance-là, mon Dieu!... Tout dépend de l'ingénieur; il me connaît bien... Mais comment m'y prendre? Si je lui disais ce qui me tracasse?.. Ces hommes-là, qui ont tant d'instruction, doivent comprendre!

« C'est ça, j'irai le voir dans quelques jours, puisque mes yeux reviennent, sont moins fatigués. C'est vrai, pourtant, ça se brouille à peine devant moi; là-bas, je distingue bien la couleur de ce vase, de cette gravure.

Et il fixait sa lampe à pétrole posée sur la table, il continuait à détailler les objets tombant sous ses yeux. Puis, satisfait de cet examen, il reprenait son journal et s'étonnait de n'avoir pas saisi plus tôt ce qu'il lisait à présent.

Peu à peu, ses paupières clignotaient, son idée fixe réapparaissait, et Pialou, se croyant en marche, s'acharnait aux signaux pour les distinguer. Il s'assoupissait de plus en plus et s'endormait la pipe à la bouche.

Au milieu d'un cauchemar, lui tordant le cœur et lui oppressant la poitrine, il s'éveillait en poussant un cri terrible, assis sur son séant, les yeux hagards comme un fou, interrogeant l'espace. La lucidité revenant ensuite, il s'étonnait de voir encore sa lampe allumée ; et, les membres brisés, la tête alourdie, il allait éteindre sa lumière, puis se recouchait en s'écriant :

— Que c'est bête ! que c'est bête !

Un matin, Pialou faillit tomber sans connaissance : la 2.907 n'était plus à sa place !

Vite il court dans les remises, l'œil furieux, menaçant ; il cherche, regarde partout sans trouver sa machine ! Il interroge les camarades, les presse de parler : ils ne savent pas où est la 2.907 !

— Alors, elle est partie ! s'écrie-t-il plus colère. Et j'ai été assez bête de croire qu'on la laisserait ici pour me faire plaisir !

Déjà, dans le dépôt, on parle de la disparition de la 2.907. « Pauvre diable ! » répondent les sérieux, tandis que les *chineurs* crient ironiquement : « Qui qu'a vu la machine à Pialou ?... Ohé !... »

Des rires partent au milieu des

plaintes, et l'on répète comme un glas
funèbre cette phrase caractéristique :
« Cette fois, c'est fini ! » Et les moqueurs ajoutent : « Oui, il en crèvera ! »
en trouvant idiot une pareille toquade,
une telle marotte pour une machine !

Tout à coup, les conversations tom-
bent, les bruits et les ricanements
cessent et quelques ouvriers accourent
vers le chef de dépôt, qui crie sur la
porte de son bureau :

— Vite la boîte de secours ! le bran-
card !

Pialou, étendu par terre, avait la
face congestionnée, brillante, d'un
rouge vif, et la bouche grimaçante.

Entré dans une grande colère en
s'adressant au chef de dépôt au sujet
du départ de la 2.907, sa langue
s'était embarrassée, et, dans des gestes
brusques, nerveux, il s'était abattu
comme une masse, les yeux hagards.

Pendant qu'on lui faisait respirer de l'ammoniaque, puis de l'éther, des groupes s'étaient formés où l'on causait d'une voix retenue. Devant cette persécution, cette émotion terrible, qui frappait l'ancien mécanicien, des ouvriers regrettaient de s'être moqués de lui aussi ouvertement.

— Si Amiens n'avait pas eu besoin d'une machine, tout cela ne serait pas arrivé! disait l'un, les mains dans les poches de son pantalon, les coudes en arrière. A quoi tient l'existence pourtant! Ah! je le disais hier soir, quand nous avons visité la 2.907 : ce pauvre Pialou n'en reviendra pas! Et puis, vous savez, on a beau le blaguer, jamais on n'a vu une machine aussi bien entretenue, aussi chouette! Vrai, c'est pas pour dire, mais c'était épatant!

— C'est toi qui es épatant, fit quel-

qu'un railleusement. Dirait-on pas que
c'est un phénix que ton Pialou !

— Chine tant que tu voudras, n'em-
pêche que c'était un malin qui connaissait son affaire à fond.

On se dispersa pour reprendre le
travail, et Pialou fut ramené chez lui,
où le médecin de la Compagnie le
visita et constata une apoplexie ner-
veuse dont il ne pouvait prévoir la
guérison.

Comme si rien d'anormal n'était
survenu, le dépôt reprit son animation : les machines sifflaient pour
demander leur voie, s'aiguillaient ou
se garaient avec des bouffées de vapeur
rythmées, s'échappant en saccades
des cheminées et bruissant nerveusement à la sortie des purgeurs.

Quelques jours après cet incident,
on proposait au comité de direction la
mise à la retraite de Pialou. Pendant

un mois, l'ancien mécanicien garda la chambre, l'esprit encore sous le coup de cette pénible émotion.

De là, il entendait le roulement des trains, le bruit des sifflets, parmi lesquels il reconnut facilement celui de sa locomotive :

— Marie, disait-il à sa femme de ménage, écoutez : c'est la 2.907, celle qui est là, au mur !

Il indiquait la photographie de sa machine. La figure de trois quarts et la main droite sur le régulateur, on voyait Pialou crânement posé ; un peu plus loin, vers le tender, apparaissait son chauffeur.

Presque aussitôt, avec un soupir, il continua :

— Elle marche, tandis que moi, je ne suis plus bon à rien !

A chaque grondement qui lui parvenait, il tâchait de se rappeler les

numéros des trains en se reportant au
cadran reluisant de son coucou dont
le tic tac accentué et bruyant mettait
un peu de vie dans cette chambre
monotone. Et, sans cesse, il revoyait
sa vraie machine, il voyageait, emporté
par son esprit surchauffé, craquant
sous les tiraillements de ses réflexions,
de ses rêves éveillés.

En février, il reçut avis de sa mise
à la retraite avec une pension de
1,350 francs. Bien qu'on ne lui en eût
pas parlé, il s'y attendait, la désirait
maintenant, pour ne pas souffrir au milieu des machines puisqu'il ne pouvait
plus en conduire une!

Qu'allait-il faire?... Sans parent,
sans ami en Auvergne, où irait-il?...
Paris le dégoûtait; il préférait le calme
de la campagne. Et puis, pouvait-il
demeurer si près du chemin de fer, de

tous ces bruits lui rappelant son malheur?...

Son pays, son ami Saouzette, garde-barrière à Creil, lui revint à l'esprit :

— Eh oui, parbleu ! J'irai là. Avec mes économies et ma pension, je vivrai tranquille, sans souci du lendemain. Je me balladerai, j'irai à la pêche et je serai mon maître !

V

Au commencement du mois de mars, Pialou, complètement rétabli, vint se fixer à Creil, rue de Montataire, près de la gare, sur la rive droite de l'Oise.

D'abord il avait voulu trouver un logement dans la vieille ville, de l'autre côté du pont, là où il avait demeuré jadis pendant cinq ans, alors qu'il était mécanicien au dépôt de Creil. Mais à quoi bon fuir le chemin de fer?... N'était-il pas guéri aujourd'hui?... Et puis, chez Saouzette, il serait bien obligé de voir les trains, de les entendre continuellement! Ce sera peut-être un moyen de ne plus s'en inquiéter.

En effet, pendant quelques jours, il supporta sans sourciller le bruit des sifflets, l'échappement de la vapeur aux nombreux passages des machines. Mais cette quiétude dura peu. Comme un vieux soldat s'émeut en voyant un uniforme, en écoutant une musique militaire, Pialou sentit encore remuer en lui sa sensibilité, son passé, en remarquant que la 2.907 circulait deux fois par semaine de Creil à Paris et réciproquement. Il voulut la voir!

Alors, régulièrement, il restait une grande partie de la journée chez le garde-barrière, y prenait souvent ses repas, heureux de pouvoir parler encore de son bon temps de mécanicien. Il apportait des provisions; et pendant que la femme Saouzette préparait le manger, il amusait les deux gamins de son ami ou leur expliquait la locomotive.

Quelquefois, pour obliger le garde, il le remplaçait au sémaphore. Cette présence sur le sol de la Compagnie lui faisait oublier qu'il était à la retraite; il croyait toujours faire partie de l'administration!

Aussi, c'était avec joie qu'il y venait. Et autant sa répulsion avait été forte, autant son entraînement fut naturel, plein d'ardeur.

Pour s'y rendre, il prenait le chemin de halage, où il s'arrêtait un instant devant l'écluse et causait avec l'éclusier. Il regardait le passage des bateaux, et quand c'était un remorqueur, il parlait machine à vapeur avec le capitaine; puis, insensiblement, il arrivait à dire, en souriant, qu'il était un ancien mécanicien de la Compagnie du Nord.

Bientôt il fut connu de toute la *marine*, et cela l'amusait de bavarder quelque peu, de rappeler son vieux temps sur les machines.

Avant de poursuivre son chemin, il offrait une pipe de tabac à l'éclusier, puis, tranquillement, il marchait en contemplant la ligne du chemin de fer ou les bords de l'Oise. Il arrivait ainsi au port aux pierres où d'énormes blocs, dans toutes les positions, ressemblaient au loin à des pierres tombales accumulées. Là, une courte montée, noire, ballastée de laitier, conduisait à la maison de la grue à vapeur de l'usine de Montataire, où l'on déchargeait des bateaux apportant des matières pour la fabrication. A angle droit, un petit chemin, toujours noir, d'une trentaine de mètres, menait au passage à niveau dit du Pont-Thérain, du nom de la rivière qui se jette dans l'Oise, un peu plus bas.

Tout de suite, à gauche de la barrière en fer, à croisillons, se dressaient le mât sémaphorique et, tout près, la guérite avec son tuyau de poêle dépassant la toiture. Aux petites fenêtres latérales, permettant d'observer la voie dans les deux sens, on apercevait la figure du garde ou d'un de ses enfants. De l'autre côté, à la bifurcation des voies de Pontoise et de Chantilly, se trouvaient réunies les maisons occupées par les gardes du passage, lesquels se remplaçaient alternativement le jour ou la nuit.

Saouzetto, le plus jeune, avait épousé la fille de son camarade, le père Chazal, un Auvergnat aussi, qui habitait depuis trente ans la première maison, celle la

plus élevée, de l'ancien modèle, uniforme sur les vieilles lignes. Une seule
fenêtre basse, à volets, donnait sur la
voie, tandis que la porte d'entrée, sur-
montée d'une petite fenêtre, faisait face
à la route longeant la ligne et condui-
sant à Saint-Leu-d'Esserent. L'autre
maison, un seul rez-de-chaussée,
allongé, couvert en tuiles, était la
demeure de Saouzette.

Les deux ménages vivaient en bonne
intelligence, s'entr'aidaient, popotaient
ensemble, par économie. Aussi voyait-
on fréquemment le père Chazal, petit
homme trapu, à la figure rondelette,
fumer sa pipe en travaillant à un jardin
qui précédait le poste sémaphorique.
Ses cheveux blancs et courts ressortaient sous sa casquette brune et la
couleur marron de son paletot. Il
avait l'air d'un homme qui ne se fait
pas de bile. D'ailleurs, il ne se plai-

gnait pas trop de son sort, car son gendre, un fort gaillard brun, de trente-cinq ans, très complaisant, ne craignait pas de lui donner un coup de main. On vivotait ainsi, insouciant de la vie et se contentant de peu.

Femmes et enfants tournaient la mécanique pour annoncer les trains, et les deux garçons de Saouzette, âgés de dix et douze ans, en prenaient bien leur part. Avec un grand sérieux, ils se livraient à ce simple travail qui les amusait beaucoup.

— Attention! Ugène; en voici un là-bas, criait Pialou au plus jeune, quand, en arrivant, c'était l'enfant qui gardait le poste.

— Oui, oui, répondait le gamin en souriant, ça me connaît! Et, bravement, après le passage de la machine, il tournait la manivelle en suivant le grand bras du sémaphore qui se plaçait horizontalement.

Après avoir vu toute la famille, Pialou s'asseyait sur un tabouret, près de la guérite, en faisant face à l'usine noire de Montataire, dont les nombreux tuyaux de tôle et les cheminées quadrangulaires, courtes, rayaient l'espace toujours enfumé à cet endroit. Au-dessus des toitures dépassaient l'église et la partie supérieure du château; plus loin, bordant la plaine en ligne droite, la côte s'étendait jusqu'à Saint-Leu où il découvrait l'église par le haut de ses deux tours, par sa toiture longue et la pointe de son clocher. Il s'amusait aussi à voir assembler des pièces de ponts en fer à l'usine Joret placée tout près de la voie. C'était un centre de distractions auxquelles il s'habituait parce qu'elles étaient un remède à sa

vie inoccupée, menacée d'être monotone.

Bientôt, à force de voir la même
figure à ce point de la ligne, les mécaniciens reconnurent Pialou. Quelques-
uns lui criaient ou lui faisaient un
bonjour amical; d'autres étaient iro-
niques. Mais lui, toujours digne dans
son costume de velours, restait posté
comme un chien d'arrêt, l'œil fixé sur
la machine, quand il ne manœuvrait
pas le sémaphore,

— Pauvre Pialou! le voilà joueur
d'orgue! se disaient-ils entre eux, au
dépôt.

Pour varier ses occupations, tout en
conservant le plaisir de la vue des
trains, il se fit plusieurs lignes en crin
et en soie, d'une solidité à toute
épreuve. Il rapporterait des fritures à
ses amis ou quelque autre plat de
bons poissons!

Dans la journée, il allait pêcher dans l'Oise ou dans le Thérain, près de l'embouchure de ce dernier cours d'eau. Cela lui sembla bon; il fut tout à sa pêche bien que le poisson mordît peu. Avec le temps, il en arriva à ficher en terre ses deux lignes, puis, assis sur la berge, il fumait, les yeux allant de l'une à l'autre ou se promenant sur le paysage. Souvent, il se surprit contemplant la pointe de l'île boisée, vers l'écluse, ou les ondulations du plateau, de l'autre côté de l'eau. Mais au roulement d'un train, il se retournait, le suivait jusqu'au dernier moment; puis, immobile, il s'appliquait à découvrir les disques, les fils télégraphiques de la ligne découpant l'horizon par petites bandes parallèles.

Sa rage le reprenait; il ne pouvait rester à la même place; il suivait le courant, s'arrêtait un instant, le

remontait ensuite et s'installait cinquante mètres plus loin.

Une fois, à l'embouchure du Thérain, où se trouvait un marchand de
vins ayant un bac, il se fit passer de
l'autre côté, explora cette nouvelle
route et s'en retourna sans pouvoir
constater en soi une nouvelle ardeur
pour la pêche. Décidément, il devenait
impatient ; ses nerfs le tracassaient à
nouveau, il se sentait toujours attiré
par le grondement des trains !

Un incident le rendit encore plus
indifférent à la pêche.

Une après-midi, il reconnut le sifflet
de la 2.907 demandant la voie avec
insistance. Le frein à vide fonctionna
et le train s'arrêta avant le passage à
niveau.

Pialou se débarrassant vivement de
la ligne à laquelle il mettait un ver,
courut vers la voie. Il arrive auprès de

son ancienne machine et la dévore des yeux. C'était une occasion rare, pour lui qui n'avait pas vu la 2.907 depuis quatre mois !

Dans son contentement, il souhaita que la voie ne fût libre que dans une heure ! S'il pouvait y avoir un déraillement, plus haut, vers Creil ?... Quel bonheur ! il jouirait davantage de la présence de sa machine ; il pourrait se rendre compte si elle était aussi bien entretenue que jadis !

Il s'était approché encore... S'il osait monter près du foyer pour mieux savourer son bonheur ?... Il pourrait admirer les pièces, les toucher, leur sourire ! Mais il connaît à peine le mécanicien qui l'a remplacé, un jeune chauffeur de son temps, peu soigneux.

Tout à coup, son front se plisse, sa figure prend une expression dédaigneuse et pénible ; l'ensemble de la

2.907 est terne, crasseux, et les tourillons malpropres! Ce coup d'œil révélateur lui gâte sa joie; il ne peut s'empêcher de pousser un murmure de mécontentement :

— Hé! Pialou, ne la mange pas, lui dit le mécanicien après avoir deviné la mauvaise humeur de son prédécesseur.

— Aie pas peur, elle est trop sale !

Au même moment, le disque s'ouvrit et le train reprit sa marche.

— Va donc, vieux toqué! répliqua le mécanicien en ouvrant les purgeurs pour salir Pialou qui se dirigeait vers la guérite.

Furieux, celui-ci regarda le train disparaître et murmura, les poings crispés : « Vieux toqué!... vieux toqué!... Ah! saligaud, peut-on laisser une machine dans cet état!... » Puis, s'adressant à Saouzette :

— Tu l'as vue, hein? ma pauvre

bécane ! Je ne la reconnais plus ! Ce
pierrot-là est indigne d'en avoir une
si bonne !... Ça n'a pas plus de cœur
qu'une pierre ; ça dort, ça mange, ça
boit, sans souci, sans seulement penser
au cheval qui le fait vivre !... Tiens,
moi, après mon train ou en cours de
route, je visitais ma machine, et, au
dépôt, je faisais les autoclaves, les
garnitures ; j'assistais au lavage pour
qu'il fût mieux fait... Tout passait par
mes mains, et je ne quittais la 2.907
qu'en la sachant propre et prête à mar-
cher au premier signe. Aussi mon vieux,
ça me donnait du coton, ça prenait
mes heures de repos, mais j'en étais
bien récompensé, car, en cas d'accident, je n'étais jamais embarrassé... Il
y avait toujours dans mes coffres un
approvisionnement de goupilles, d'é-
crous, de boulons, tout un outillage
bien rangé, à ma portée, pour éviter

des pertes de temps. Va-t'en voir ce que c'est devenu tout ça, avec mon successeur!... Oui, avec mon graissage spécial, avec ma réserve de charbon, choisi et mis de côté au fur et à mesure des livraisons, j'arrivais à gagner trois... cent... cinquante francs par mois! Oui, Saouzette, trois... cent... cinquante... est-ce beau? Et mes primes étaient superbes; pas un ne possédait mon truc! pas un ne me dégotait comme entretien, comme propreté! Avec une si belle *bécane*, j'aurais traîné le diable!... Ah! quand j'y pense, je me ferais sauter le caisson!

— Allons donc! ne te casse pas la tête. Tu es libre et plus heureux.

Pialou s'assit sur une pierre, près de la guérite; il parut réfléchir, les coudes sur ses genoux et la tête dans ses mains:

— Tu crois que notre machine c'est comme ta mécanique de sémaphore? fit-il en montrant le mât... Quand on a du cœur, on en rêve toujours!...

« ... Ne ris pas, c'est la vérité; on y pense tout le temps! On la gâte, on la dorlote comme son enfant; au moindre bruit, au moindre claquement un peu louche, elle vous inquiète. Son tapage est un langage difficile, qu'il faut apprendre, et, si on en souffre parfois, on est soulagé quand on comprend, quand on devine le mal! Non, vous n'aurez jamais de ces sensations, vous autres! Vous tournez la manivelle et ça y est. Si ça ne marche pas, tant pis; vous attendez, l'arme au bras, qu'on vienne vous délivrer!

Il quitta brusquement son ami et revint à la rivière, où il ne trouva plus qu'une ligne. L'autre, jetée par terre, avait eu sa partie supérieure plongée dans l'eau, puis, sous l'action du courant, elle avait été entraînée au loin.

— Tant mieux, après tout ! dit-il. J'ai l'air d'un imbécile, en attendant le poisson qui ne mord pas ! Ces sacrés trains m'agacent; il faut changer de quartier. Et moi qui me croyais guéri !...

Il serrait les mâchoires, il s'impatientait. Aussitôt, il se baissa et leva violemment l'autre ligne :

— Voyez-vous ce conscrit-là qui se fiche de moi et m'appelle toqué !... Si je te tenais, mon gaillard, je te casserais les reins aussi facilement que ça ! fit-il en brisant sa gaule en plusieurs morceaux qu'il lança dans l'Oise avec son filet, ses appâts, ses hameçons de rechange.

Et il partit, comme poursuivi par une idée fixe.

En longeant le chemin de halage, du côté de Creil, il se demanda s'il allait rentrer chez lui. Il avança vers la pointe de l'île, touffue, masquant presque la séparation de la rivière, tant elle est rapprochée du coteau, boisé à cet endroit, et se prolongeant en enveloppant Creil comme un rempart. De temps à autre, par une échappée entre les anciennes verreries, les trains se voyaient, et Pialou, toujours de mauvaise humeur, tournait la tête vers eux au premier grondement.

Le chemin était sans monde ; aucune péniche ne s'apercevait sur l'Oise. Et de plus en plus sombre, Pialou pensait vaguement en marchant. La 2.907 semblait filer devant lui, sale, boiteuse et plaintive dans son mouvement. Jusqu'à ce jour, dans sa vitesse d'express, elle n'avait pu lui laisser voir sa robe surannée qu'enveloppaient par-

fois les nuages de vapeur sortant des purgeurs. Tout était noyé dans l'espace ébranlé, et, seule, sa coupe gracieuse et fière se profilait au loin.

Il avait fallu cet arrêt extraordinaire ! Son envie avait été satisfaite, mais après, quelle terrible déception ! Ce coup éveillait les émotions passées encore endormies dans son cœur. Il sentait les palpitations de ses nerfs, et sa tête s'affolait en des bourdonnements d'oreilles, rappelant le grondement continu d'un ventilateur ou le bruit des transmissions dans une usine. Cette musique désagréable, sourde ou résonnant comme un tambour au loin, l'agaçait, le mettait dans une grande colère. Et il imaginait des vengeances contre ce mécanicien insolent qui se moquerait de lui, à l'avenir, quand il le verrait au passage à niveau !

Plongé dans ces réflexions qui se

heurtaient et le troublaient, il dépassa, sans s'en apercevoir, la route qu'il prenait d'habitude pour rejoindre la rue de Montataire. Il se trouva sur la place où des groupes se promenaient, passaient. Ce peu d'animation attira son attention; il s'arrêta, regarda les maisons de l'autre côté de l'eau, et le pont où des hommes, accoudés au parapet, fumaient leurs pipes, causaient en s'occupant des bateaux qui glissaient à présent sur la rivière.

— Qu'est-ce que je ferai chez moi? murmura Pialou en bourrant sa pipe. Je m'y ennuierai! Autant me promener ou rester sur le pont : tout ce va-et-vient me distraira.

L'endroit était gai, offrait de beaux points de vue, surtout en remontant le cours de l'eau, bordé au loin, sur la droite, par des hauteurs boisées très pittoresques. Ici encore le chemin de fer le poursuivait!

Sur la ligne, du côté de Montataire ou de Compiègne, des coups de sifflets partaient, et, dans son imagination, il voyait Saouzette, le sémaphore, la maison du garde et puis des trains, toujours des trains conduits par la même machine, la 2.907! Chaque fois qu'un roulement ou un bruit de sifflet lui parvenait, il pensait à sa locomotive tout en fixant un petit tourbillon, près d'une pile du pont :

— Nom d'un chien! fit-il subitement. Ça doit tournoyer comme ça dans ma caboche!

Un vieux bonhomme, placé près de lui, se retourna, les yeux interrogateurs et le considéra quelque temps. Pialou, souriant nerveusement, lui dit en se frappant le front de l'index :

—Oui, petit père, ça déraille là dedans. J'ai besoin de prendre l'air! Au revoir!

Il s'en alla sous le regard étonné du paysan.

Machinalement, il descendit sur le chemin de halage, droit devant lui :

— Voyons, il faut retourner au Pont-Thérain; ils doivent se demander ce que je suis devenu!... Mais, suis-je bête! je dîne avec eux ce soir!...

Il précipita l'allure en essayant d'avoir une mine plus réjouie et de ne pas songer à ce maudit chemin de fer.

— Ah! ah! ça va mieux? lui dit Saouzette en l'apercevant.

— Oui, c'est passé. J'ai fait un tour jusqu'au pont, où, comme un Parisien, je me suis arrêté pour voir couler l'eau... D'un peu plus j'oubliais que je soupais ici, ce soir.

— Ça ne m'étonne pas; j'avais dit à

Françoise : « Tu vas voir, Pialou ne reviendra pas !... » Elle est en train de faire manger les mioches pour que nous soyons plus tranquilles ensuite.

Le repas fut assez gai. Chazal taquina Pialou : Pourquoi se faisait-il tant de bile, puisqu'il avait son existence assurée ?... A cinquante ans on est jeune, on peut aller jusqu'à quatre-vingts et même plus !

— Oui, mais je m'embête trop...

— Il faut te distraire, reprit Chazal, louer un jardin, le cultiver ; ça chasse les idées noires de bêcher ! D'ailleurs, tu ne marches pas assez ; quand on est fort comme toi, il faut se fatiguer par de longues courses, se briser les membres par un travail quelconque. C'est excellent pour la santé ; on dort mieux et ça fait maigrir.

— Allons, à la tienne Pialou ! noyons le chagrin !

— A la nôtre, les enfants de l'Auvergne ! s'écria Saouzette.

Pialou but sans pouvoir se dérider. Parfois sur son visage on surprenait des rires forcés, s'effaçant aussitôt.

— C'est facile à dire tout ça, fit-il en grattant la table avec son couteau. Si vous saviez comme on a du mal à se faire à cette existence de paresseux que je mène depuis quelques mois ! J'aimerais mieux trimer sur ma machine ; on n'a pas le temps de s'y ennuyer. Maintenant, je vis comme un imbécile, et je suis trop vieux pour me remarier ; d'ailleurs, ça ne me dit pas. Quoi faire alors ?... Je ne puis rester éternellement ici où ces maudites machines m'impressionnent malgré moi. Dans tous les endroits, il y a un chemin de fer aujourd'hui. Où aller ? m'enterrer dans un village, loin de la ligne ?... Non, voyez-vous, j'aurais préféré crever dans un coup de tampon!

Souvent ce regret lui avait échappé, il y revenait sans cesse pour mettre fin aux conseils qu'on lui donnait. Aussi ses amis craignaient-ils que Pialou n'attentât à ses jours dans un moment de désespoir.

Ce soir-là, l'ancien mécanicien s'endormit difficilement. Les bourdonnements redoublèrent, et, sans cesse, se dressaient devant lui ce mécanicien malpropre, gouailleur, et la 2.907 délaissée, salie, piteuse dans ses taches huileuses et poussiéreuses. Il la comparait à une robe d'impotente, sur laquelle, depuis des années, s'amassent les saletés que la malade est incapable de faire disparaître.

Cette nuit, il fit un grand voyage sur la 2.907, remise à neuf subitement. Il la voyait filer, filer rapide-

ment avec une vitesse de cent kilomè-
tres à l'heure.

—Ah!.le joli rêve, fit-il le matin, en
se souvenant de cette bonne partie de
sa nuit.

Comme il aurait voulu qu'il ne finît
jamais !

VI

Depuis, il arrivait plus tard chez Saouzette, où il guettait, l'air farouche, le passage de la 2.907.

— Hé! hé! Pialou! lui criait ironiquement l'autre mécanicien.

Poussé par une vengeance sourde, il lui prenait l'envie parfois d'avoir une pierre à l'avance, dans sa main, pour la lancer sur ce mauvais plaisant dont les agaceries le torturaient. Il calculait, cherchait le meilleur moment pour faire son coup, chaque fois qu'un

train roulait devant lui. « Canaille ! »
murmurait-il ensuite en se dirigeant
vers la guérite.

Il commençait à aller mieux ; ses
sommeils étaient plus calmes, plus
réparateurs, et il fallait que cet animal-
là vînt réveiller sa douleur ! Le jour,
quand il pensait aux rêves qu'il avait,
il se troublait et prenait peur. Des cauchemars effrayants le faisaient crier,
se lever tout droit sur son lit. Et le
matin, son cerveau était lourd, ses
membres fatigués.

Alors, il se rendormait et ne s'éveillait que vers les dix heures. Qu'avait-
il donc ? Qu'allait-il devenir si ça continuait ?

Pour provoquer le repos pendant
la nuit, il suivit le conseil de ses
amis.

Chaque soir, après dîner, il faisait
un tour de deux heures, puis, avant

de se coucher, il s'assurait si son réveil déclanchait bien.

Il voulait prendre l'habitude de se
lever à cinq heures ; mais il n'y parvenait pas encore : il s'éveillait trop tôt,
puis il se rendormait et n'entendait
pas le carillon de sa petite horloge.

Quand il y réussit, ce fut une rage
de marches forcées !

Il partait jusqu'à Chantilly, et revenait à Creil, par Saint-Maximin, en
suivant les bords de l'Oise. Tantôt
c'étaient des promenades en forêt, où,
en chemin, il coupait des baguettes
dont il enlevait l'écorce en tire-bou-
chon, laissant ainsi deux parties, l'une
blanche et l'autre grisâtre, s'entre-
croisant en hélice.

Il marchait, il marchait toujours ; et,
se voyant seul, il chantait en enflant
la voix. Parfois, il s'arrêtait tout à
coup, il chantait plus fort, puis décla-

mait en gesticulant. Il s'excitait et se mettait en colère en cherchant des expressions qu'il ne trouvait pas; il semblait s'adresser à un être imaginaire et le provoquer du regard. Ses idées surgissaient d'elles-mêmes, voltigeaient dans son cerveau détraqué; il en souffrait, il le sentait, mais sa volonté était impuissante à en ralentir les effets.

— Est-ce que je vais devenir fou? s'écriait-il en s'arrêtant net, les yeux hagards et terribles.

Peu à peu, il riait par saccade, se frottait les mains nerveusement en signe de satisfaction, et il s'adoucissait en se disant, d'une voix plus calme : « C'est-y bête!... Allons, mon vieux, soyons sérieux!... »

Il reprenait sa marche, lentement, tête baissée ; il se redressait et contemplait le paysage dans une sensiblerie qui remplaçait sa surexcitation. Alors, les yeux humides, attendris, il écoutait le chant d'un oiseau, et s'étonnait à la vue de l'horizon estompé d'une vapeur violacée, laquelle se détachait du ciel clair comme une large bordure veloutée.

Sans qu'il s'en doutât, cet excès de fatigue irritait son système nerveux, prolongeait ses insomnies ; sa vue se troublait à nouveau : le rouge lui apparaissait presque noir.

— Allons ! encore les couleurs ! s'écriait-il. Est-ce que j'en ai besoin maintenant ? Les routes n'ont pas de disques ! Quel malheur d'être torturé ainsi !

Et çà et là, sur son chemin, il essayait son regard sur les toits qu'il apercevait, sur la teinte d'un terrain. En s'approchant, il s'étonnait des erreurs qu'il commettait, et se désolait.

Quand il rentrait, il racontait ses inquiétudes nouvelles à Saouzette :

— Tu verras ; si ce pierrot, qui détraque ma machine, ne cesse pas ses blagues, j'irai le pincer au dépôt, un de ces jours...

— Mais reste donc tranquille ! Ce sont des bêtises. Tu ne vois donc pas qu'il rigole ?... Pourquoi t'en casser la tête ?...

— Possible, mais je n'aime pas qu'on se moque de moi sur ce chapitre-là !

VII

Il y avait déjà quinze jours que ces taquineries duraient. Pialou s'en affectait de plus en plus.

Un matin, vers la fin d'avril, il s'amena de bonne heure, tout pimpant, chez le garde-barrière, un panier à la main.

— Allons! Françoise, je vais vous aider, fit-il en le déballant. Il en sortit quatre bouteilles de vin fin, un litre de vieux cognac, un gros poulet et deux gâteaux aux amandes. Puis, ôtant son veston, il retroussa ses manches et se mit à l'ouvrage.

Ce jour-là, Saouzette fêtait une gratification de cent francs que la Compagnie venait de lui accorder pour avoir évité un grave accident. Pialou, pour manifester sa joie, avait tenu à payer son écot.

La femme de Saouzette, Françoise, une petite brunette aux beaux yeux bleus, un peu épaisse, mais bonne et douce comme son regard, s'était faite belle.

Son mari avait commencé par lui payer une robe : n'avaient-ils pas gagné les cent francs tous les deux?

Elle paraissait heureuse, active, et surveillait tout avec un soin de ménagère capable.

Dans cette petite pièce du rez-de-chausée, ils étaient à l'étroit et se gênaient dans leurs mouvements. Pialou élevait la voix; on riait, tout en se dépêchant afin de se mettre à table pour dix heures.

Sur un petit poêle-cuisinière fumait une soupe aux choux qui embaumait ; à côté, un morceau de veau rissolait, tandis que le poulet mêlait sa bonne odeur aux fumets appétissants. Tout le monde était gai.

— Sens-moi ça, mon vieux ! disait Saouzette, claquant la langue en retournant le poulet. En attendant qu'on lui fasse les honneurs, les armes à la main, il faut imiter le grand monde... Que diable, ce n'est pas tous les jours fête pour nous, hein ?... Allons, Françoise, apporte les verres et la bouteille de Pernod...

A tous, femmes et enfants, il versa une absinthe gommée :

— A notre santé ! Et vive la Compagnie !

On redoubla, et peu après Pialou
se rhabilla.

— Maintenant que tout va bien,
dit-il, laissons ces dames popoter à
leur manière.

Et ils sortirent.

La matinée était belle, et çà et là, la
campagne verdissait. On apercevait
encore quelques bandes de terre rou-
geâtre où le grain n'était pas levé ; et
la plaine formait une immense nappe
rapiécée avec des espaces verts, blonds
ou jaunes des colzas en fleurs. Quelques arbres fleuris et des feuillages
verts, un peu pâles, attiraient le regard
par leur charme.

Pialou s'avança vers l'Oise qui brillait en un large ruban, sous le ciel
bleu, presque blanc. Il souriait, heureux de passer une bonne journée ;
mais bien qu'il y eût autour de lui un
air de fête, de gaieté nouvelle, il s'at-

trista dans sa contemplation et il revint lentement vers la ligne où l'usine faisait une tache sale, discordante, au milieu de cette nature aux tons clairs, souriants et doux.

— Crédieu ! quel beau temps, Chazal ! c'est là qu'il ferait bon sur sa machine !

— Vas-tu nous embêter encore ?... Allons déjeuner, ça vaudra mieux, fit Saouzette en regardant sa montre.

Chazal prit Pialou par le bras, et l'entraîna en disant à son petit-fils :

— Toi, veille au grain ! Alfred t'apportera à manger, et tous les deux vous ferez le service. Ouvrez l'œil !...

— Oui, oui, père !

La table était mise, et, pour la circonstance, on avait étalé une nappe et des serviettes datant du mariage de Chazal :

— Hein, ça dure, le linge, chez

nous, dit-il en le montrant à Pialou.
Dans ce temps-là, on ne faisait pas de
la camelote.

Après avoir mangé la soupe, chacun
tira son couteau de sa poche et coupa
son pain par morceaux.

— Pialou, tu vas découper ce poulet? 'Ça te revient de droit, s'écria
Saouzette.

— Ça m'est égal; je ne me fais pas
prier.

Et, retournant son assiette, il aiguisa
son couteau avec dignité sur la bordure du fond.

— C'est comme ça que les garçons
chics repassent le couteau de service,
dans les beaux restaurants. Vois-tu
celui-ci, il y a quinze ans qu'un
Anglais me l'a donné, à Boulogne.
Aussi il couperait du fer!... Il m'a
bien servi dans mes voyages.

Lentement, il découpa assez proprement; on le félicita puis on mangea beaucoup sans oublier les compliments aux cuisinières. La mère Chazal, blanche et ridée, souriait en ouvrant sa bouche édentée, tandis que Françoise ne disait rien et se levait de temps à autre pour servir. Les hommes buvaient ferme, s'échauffaient, et les bouteilles de cidre se vidaient puis se remplissaient comme par enchantement :

— Le cellier n'est pas loin, disait Saouzette. Le tonneau a encore un son franc; ne soyez pas inquiets!

Des rires partaient, à pleine voix, mais seul Pialou restait un peu sombre, souriait difficilement. On trinquait fréquemment, à briser les verres; Saouzette emplissait celui de Pialou, excitait son camarade et le forçait à boire davantage pour noyer le restant d'émotion qui couvait encore dans ce cerveau trop sensible. Et, croyant bien faire, le garde-barrière employait des expressions de métier :

— Alimentons le foyer !... Prends ce morceau... Attention ! ta chaudière est vide !... Du vin ! compagnon !

Pialou mangeait, buvait, sans devenir plus gai, pendant que son ami, en donnant l'exemple, se grisait lentement à ce jeu dangereux :

— A la santé de Pialou ! s'écriait-il... A la tienne, mon vieux ! goûtons ce vin que tu nous offres. Puis, rapetissant les yeux, claquant la langue : Il est bon, pas trop mauvais, mais ça ne vaut pas celui d'Aubières, tu sais, près de Clermont-Ferrand, où Napoléon III fut si bien reçu !... Ah ! fouchtra ! on s'en léchait les babouines, le dimanche, quand j'étais au régiment. On partait à plusieurs, et là, sur l'herbe, on s'installait, on mangeait de la galette,

on buvait du bon vin frais, sortant de
ces caves situées le long de la route.
Bougri ! c'est un autre pays que Montataire, eh ! donc !...

Comme il terminait, Alfred entra
avec deux gobelets vides :

— Père, nous n'avons plus rien,
nous autres ! Y a-t'y pas un peu de vin
pour les hommes de garde? demanda-
t-il avec une expression comique.

— Tiens! emporte ça, répondit le
père Chazal en lui donnant une bouteille aux trois quarts pleine. Mais doucement, hein ! ça tape sur la boule.

L'enfant retourna à son poste, près
de son frère Eugène, assis sur un
tabouret, en plein air, et achevant une
dernière bouchée de viande.

Tranquillement, et heureux de cette
dînette, ils avaient mangé là, se levant
l'un après l'autre pour annoncer les
trains.

— Le café! dit bientôt Saouzette. Et toi, Pialou, tu vas nous chanter quelque chose, hein?...

— Non, après les autres!

— C'est bon, nous allons te mettre en train. Tiens, je vais commencer.

Chacun dit sa chanson que tous accompagnaient au refrain en frappant sur les verres, sur les assiettes avec les cuillères ou les couteaux. C'était un bruit déchirant qui entraîna aussi les gamins, dont la voix criarde arrivait par instant jusqu'à la maison du garde.

— Entendez donc les gosses!... interrompit Pialou qui commençait à se dérider.

— Oui, oui, tu veux esquiver ton tour, dit Saouzette...

— Pas du tout, répliqua-t-il. Mais, vous savez, je n'en sais qu'une. C'est toujours *La Locomotive*...

— Oui, oui, ça ne fait rien : la Locomotive! la Locomotive! cria tout le monde.

La face animée, les yeux brillants, Pialou sentit une sorte d'agacement, un battement de tempes lourd, douloureux. Il se leva brusquement et entonna à pleine voix, large :

O ma locomotive !
Quand ton âme captive
En vapeur fugitive
Sort de tes flancs
Brûlants...

. . . .

. . . .

Son regard devenait dur; ses gestes raides et saccadés se multipliaient à certains vers, et il gesticulait, la tête un peu renversée en arrière. Parfois, il souriait, précipitait le rythme en répétant l'œil vif :

. . . .

Tu pars belle d'audace,
Tu dévores l'espace
Et ta colonne passe
Comme l'éclair
Dans l'air.

. . . .

Au roulement d'un train, il s'arrêtait,
écoutant si on sifflait, puis il reprenait
avec la même ardeur sa chanson favo-
rite.

— Bravo! bravo! vociférait l'assem-
blée. Tu chantes bien ça, toi, lui
disait Saouzette à moitié ivre maintenant. On croirait te voir sur ta
machine!

Quand il eut fini, il s'assit, fatigué,
la figure rouge et bouffie.

— C'est notre *Marseillaise*, à nous!
fit-il après un silence. Ça nous enlève
comme un coup de vent! Les jours de
noce, c'était notre chanson d'entrain;

on s'emballait sans s'en apercevoir, et, tous en chœur, nous répétions ce beau refrain, comme un seul homme :

> Ô ma locomotive!...
> Quand ton âme captive
> . . . .

Saouzette prit le cognac et en versa une forte rasade en criant à tue-tête :

> Il a fort bien chanté;
> Buvons à sa santé!
> . . . .

—Tais-toi donc, interrompit Chazal; on n'entend plus les trains avec toi!

— Nous fâchons pas, le beau-père... Tu sais, c'est de la fine à Pialou; oh! mais de la bonne !

Et il grimaçait en titubant, la figure falote.

Pialou, les joues colorées, l'œil brillant, but comme tout le monde, inconsciemment. Il se remuait sur sa chaise, paraissait gêné, énervé d'être si longtemps en place :

— Allons prendre l'air : j'étouffe, ici ! fit-il en se levant difficilement. J'ai des fourmis dans les jambes.

— C'est ça, dirent les femmes ; laissez-nous débarrasser la table et laver la vaisselle.

— Moi, déclara Chazal en allumant son brûle-gueule, je vas jusqu'à Montataire chercher du tabac ; ma provision est finie... Dis donc, Saouzette, t'es de service aujourd'hui !... Attention surtout ; je te laisse avec les gamins, car j'ai pas bien confiance en toi.

Puis se tournant vers Pialou :

— Au revoir, à tout à l'heure ! à moins que vous ne veniez avec moi ?...

L'ancien mécanicien dit non de la tête, traversa les voies avec Saouzette

pour rejoindre les enfants au sémaphore.

Chazal marchait lentement, un peu
courbé, tirant des bouffées de fumée
qui s'échappaient mollement à gauche
de sa figure.

Tout à coup, Pialou se tourna du
côté de Chantilly, les mains dans les
poches, l'œil fixe, interrogateur :

— Je vais faire un tour sur la voie,
dit-il.

— Prends garde aux trains ! répondit
Saouzette.

— Bah ! ça me connaît !

Il s'avança vers le Thérain, s'y arrêta
pour remarquer l'emplacement où il
venait pêcher jadis. Son regard enfila
la ligne toute droite, montant un peu,
puis tournant pour arriver à la tranchée
de Saint-Maximin.

Comme de petits filets d'eau, régu-
liers, les rails miroitaient, se perdant

à l'infini. De gros bruits de ferrailles partaient de l'usine de Montataire avec des frappements, des martèlements qui troublaient la solitude du lieu. La campagne renaissait, claire par ce beau jour, et, du côté de Creil, quelques maisons apparaissaient ; puis une brume douce, bleuâtre, qui portait à la rêverie. Presque en face de la fabrique Saxby, à droite de l'ancienne verrerie, des parties luisantes de l'Oise s'étalaient en avant du bouquet des arbres de l'île.

Pialou regardait, se tournait de tous les côtés, comme un homme mal couché, ne pouvant dormir. Il cherchait vainement un horizon inédit, plein de mystère, qui pût lui permettre de reposer sa vue et son esprit surchauffé.

Mais c'étaient toujours les mêmes choses qu'il connaissait depuis longtemps! Malgré lui, par habitude, il

revenait aux points remarquables, et
quand son œil était satisfait, l'ennui
le prenait, attristait son visage :

— Toujours ! fit-il à mi-voix.

Sa tête s'échauffait encore, maintenant qu'il avait repris sa marche, songeant à son existence oisive, à son
ancien métier.

Il se sentait de plus en plus seul, malgré ses amis qui l'aimaient beaucoup.
Était-ce vivre ? Pourquoi donc la fatalité s'acharnait-elle à maintenir cette
torture, cette maladie de machine, qui
réapparaissait, l'attirait en cet endroit,
lui ôtait le goût de tout travail ?...
Certes, il avait suffisamment pour
vivre ; mais il eût été bien plus heureux s'il lui avait été donné de s'occuper plus sérieusement. Il eût mieux
joui du restant de sa vie !

Il avait essayé cependant, mais il
n'avait pu continuer. A la fin, ça

devenait trop pénible une pareille toquade! Son cerveau se fatiguait dans cette extension des idées, dans le vague des souvenirs. Ses forces l'abandonnaient, et il n'était jamais à ce qu'on lui disait. Pendant qu'on parlait, il semblait écouter, faisait des signes d'approbation, tandis que l'esprit était ailleurs, pensant à la 2.907, la suivant encore dans des parcours imaginaires!

... — Il n'y a plus rien là dedans!... continuait-il en se frappant la tête. Plus de vouloir, plus de force! Tout cela s'est envolé. Une seule idée s'y promène, déguisée, qui repousse les autres pour rester toujours maîtresse en me faire désirer ce que jamais je n'aurai plus : ma machine, ma pauvre machine!

Portant les deux mains devant ses yeux, il s'arrêta brusquement et s'écria en ricanant :

— « Vieux toqué! vieux toqué! » Il avait peut-être raison, mon remplaçant?... Ça se voit donc sur ma figure?... Toqué?... Toqué?... Oui, on va dire partout que je suis fou! on en rira! Pensez donc, fou!... **Pialou** fou!... Oh! les lâches! s'ils savaient seulement ce que je souffre!... Ils s'en moquent pas mal!... **Quelle caboche** pour un pareil gaillard! continueront-ils! Perdre la boule pour sa *bécane*!... Ah! ah! ah!... Non, j'aimerais mieux être crevé que de vivre ainsi!

Et il reprit sa marche.

A ce moment, on siffla au loin. Pialou trembla, pris d'un étonnement subit qui lui donna l'air hébété et l'arrêta net.

Du côté de Chantilly, un train arrivait avec la 2.907 se dandinant dans ses mouvements de lacets.

Vue de côté, elle avait l'air d'une

bête énorme, furieuse, se débattant dans la rotation de ses manivelles comme pour se débarrasser de la force qui la poussait sans cesse avec tant de vitesse ! Sa lanterne-disque, au bas de la cheminée, formait un rond d'argent mat, se détachant admirablement sur la partie sombre de l'avant.

De nouveau, le sifflet retentit et la masse du train s'approcha, imposante.

Pialou sentit des bouffées de chaleur lui monter au visage ; ses yeux s'injectèrent rapidement, puis, dans une violente exaltation, il se mit à crier et courut de toutes ses forces vers la machine qui n'était plus qu'à une centaine de mètres.

Avant que le mécanicien ait eu le temps de faire fonctionner le frein à vide, Pialou s'était déjà précipité à l'avant de la 2.907 et avait été renversé et tué sur le coup.

Saouzette, assoupi dans sa guérite, fut tiré de son engourdissement par les coups de sifflet et les cris de ses enfants :

— C'est Pialou ! fit-il d'un air hébété, en s'élançant vers le lieu de l'accident.

Là-bas, sur le milieu de la voie, on n'apercevait qu'un amas de chairs, car Pialou avait eu les jambes broyées et le bras droit séparé du corps.

Quand partout, dans la Compagnie du Nord, on raconta cet accident, quelques jours après, ceux qui avaient connu Pialou le plaignirent et presque tous répétèrent, comme un mot d'ordre, cette phrase banale — « Ça devait lui arriver ! »

FIN

Saint-Leu-d'Esserent, (Oise)
5-19 janvier 1887.

Original en couleur

NF Z 43-120-8

www.ingramcontent.com/pod-product-compliance
Lightning Source LLC
Chambersburg PA
CBHW051550280626
47162CB00021B/1663